AN
XIANG
YING
XIU

四月默 / 作品

暗香
盈袖

百花洲文艺出版社
BAIHUAZHOU LITERATURE AND ART PRESS

图书在版编目（CIP）数据

暗香盈袖 / 四月默著. —— 南昌：百花洲文艺出版社，2019.1（2021.4 重印）
ISBN 978-7-5500-3077-0

Ⅰ．①暗… Ⅱ．①四… Ⅲ．①短篇小说—小说集—中国—当代 Ⅳ．① I247.7

中国版本图书馆 CIP 数据核字（2018）第 240503 号

暗香盈袖

四月默 著

出 品 人　肖　恋
责任编辑　李梦琦
封面设计　刘　艳
出版发行　百花洲文艺出版社
社　　址　南昌市红谷滩区世贸路 898 号博能中心 A 座 20 楼
邮　　编　330038
经　　销　全国新华书店
印　　刷　三河市嵩川印刷有限公司
开　　本　880mm×1230mm　1/32
印　　张　8.5
版　　次　2019 年 1 月第 1 版　2021 年 4 月第 2 次印刷
字　　数　200 千字
书　　号　ISBN 978-7-5500-3077-0
定　　价　39.80 元

赣版权登字 05-2018-433

邮购联系　0791-86895108
网　　址　http://www.bhzwy.com
图书若有印装错误，影响阅读，可向承印厂联系调换。

【步摇】

目录

【花钿】

【瓔珞】

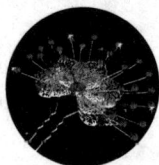

目录

【华胜】

【香囊】

目录

【玉簪】

步摇

文姜：
犹为离人照落花

文姜，春秋时期齐国公主，后嫁给鲁桓公。她是个饱受争议的女人，一方面因为美丽有才，在政治上、军事上有功于国家而赢得人们赞赏；另一方面因为和亲哥哥齐襄公的风流韵事，背负骂名。

◆ ◆ ◆

已是深秋，夜里凉风习习，碧儿神色担忧地提醒坐在凳子上那位纤瘦的妇人："公主，夜深了，歇息吧。"

她是文姜，齐国公主，鲁国夫人。出嫁多年，她的儿子同儿已经成了鲁国至高无上的君主，而她还是习惯性听身边人唤她"公主"，就好像她还是碧玉年华。

很多年前她是齐国人人称赞的公主，一出生就集万千宠爱于一身，就连爹爹也常常说她举世无双。

当纤纤玉指爬上皱纹，才貌双全的称赞成了恶语相向，孩童时代喜欢的那支木钗也已经陈旧，文姜依然记得送她这支钗的那个人。

手中的画卷是那个人为她画的，她一直唤他"诸儿"，虽然他是她同父异母的哥哥，爹爹说过她很多次要改口叫他哥哥，可她就是改不了。

小时候诸儿喂她吃饭，安抚她入睡，历历在目。她总是不喜读书，每次一到学习时间，她就偷偷去后花园赏花扑蝴蝶，常常弄得满身是泥，每次只能偷偷摸摸地躲回房，生怕被爹爹发现。

诸儿每次都无可奈何地帮她拍拍身上的灰尘，隔天一醒来，晨光熹微，桌上就摆着几盆含苞待放的花。

她曾是少年不识愁滋味的天真公主，以为她的后半生定然夫妻和睦、儿女双全，觉得这世上之事真真是好。爹爹为她订下了一门亲事，对方是郑国公子姬忽，听说温润有礼，就连向来挑剔的诸儿都说这是一门好亲事。

那年的冬天来得有些迟，往年早已冷风瑟瑟，大雪纷飞，那年却异常温暖，文姜坐在园子里晒太阳，迷迷糊糊就睡了过去。

等她醒来，宫里的人慌乱不已，诸儿送出嫁的宣姜回来了，脸色却异常难看，眼底乌黑一片。

文姜从他口中得知，她那个贤淑温和、比她聪慧许多的姐姐居然成了卫灵公的夫人，这简直是奇耻大辱，明明是嫁邻国太子，却成了公公的夫人。

她为姐姐默默流泪，那时候宫中由爹爹和哥哥主事，一番商议后决定不动武。

原来女子如尘埃，一生草芥，命格居然朝令夕改。

她变得越发沉默，那个活泼天真的少女仿佛一夜之间长大，她开始认认真真地学习，连爹爹都夸她懂事不少。

齐国的天是湛蓝的，就连牡丹都比别处开得好看，一片一片，红艳艳的，任何花都不能与之媲美。

文姜也即将出嫁，不晓得在郑国还有没有这样娇艳的花。

她终究没有机会看到郑国的花，郑国世子提出了退婚，理由竟然是"齐大非偶"，简直滑稽可笑。她自小金枝玉叶，荣宠不断，是最尊贵的公主，居然遭受奇耻大辱。

她恼怒地折掉了刚刚看了许久的那枝牡丹，泪水打湿了地上的泥土。

她病了很长一段时间，大夫开了几付药后对守在身边许多天都未合眼的诸儿说："心病还需心药医。"

诸儿清减了许多，眼睛下青黑一片，他亲自端着煮好的粥喂她喝下，帮她盖好被子后，继续守在她床边。

从小到大，她每一次生病他都是这样，总害怕丫鬟们照顾不好，哪怕他再忙、再累，一定要亲力亲为。

药很苦，但与心中的苦比起来还是差几分，她靠在诸儿的肩上，泪水打湿了他的衣裳。

只有诸儿待她如此好，比爹爹还要细心万分。

她也不知道从什么时候开始，看诸儿的眼神有点儿不一样了，每次他亲近她，她都会欣喜许久，每次他秉承礼节与她拉开距离，她都会生闷气，将他送的花剪得乱七八糟。

那天诸儿有些困，就在她房里的凳子上睡着了。国事烦心，他又瘦了许多，去年做的衣裳已经不再合身。

她走近诸儿，轻轻地环着他，她想要为他做一件衣裳。他眉目如画，身姿俊逸，连睡觉都这般好看，她一时控制不住地吻了他。

诸儿恰巧醒了，眼睛里满是震惊、纠结，复杂得她都看不懂，但是他没有推开她，文姜很欣喜。

两情相悦一定是这世上最好的感情，诸儿常常为文姜画画像，她每次都穿着最漂亮的衣裳静静地坐着，眼睛一眨一眨地看着诸儿。

可好景不长，宫中最多长舌妇，没多久就流言四起，纷纷说她和诸儿不伦，就连爹爹都知晓了，将她囚禁起来，还火速地为她订了一门亲事。

她一点都不想嫁给那个素未谋面的男人，她只想待在这生她养她的宫中，看着诸儿成为万人之上的帝王，指挥千军万马。

但文姜是公主，父命难为，她始终逃不开出嫁的宿命。

出嫁前夕，她都没有机会见上诸儿一眼。婢女呈了一幅画卷给她，画卷的底层夹着一张条子，她一看便知是诸儿的字迹："桃树有华，灿灿其霞，当户不折，飘而为直，吁嗟复吁嗟！"她赶紧回信，答曰："桃树有英，烨烨其灵，今兹不折，证无来者？叮咛兮复叮咛！"

文姜穿着华贵的嫁衣踏上异国他乡，她不知道下次和诸儿相见是何年何月，但两情若是久长时，又岂在朝朝暮暮。

终有一天，她会再次回到故土，为她后花园的那些牡丹浇浇水，哦，还有她常常逗的那只小狗。

文姜的夫君待她很好，虽然在她之前他有几房妾室，但他待她心细如发。他生得没有诸儿容貌如玉，好在彬彬有礼，文姜不喜欢也不讨厌。

他常常赏赐文姜金银珠宝，每次都拿着一大箱任她挑选，其实她一点都不感兴趣，她喜欢的是诸儿亲手为她雕的那支木钗，她放在匣子里，连碧儿都不可以碰。

同儿一生下，他就对其寄予厚望，封同儿为世子，将来继承君王位置。

人人都道她好福气，这才刚刚出生就封为世子的天底下都找不出几个。

她的爹爹是君主，夫君是君主，哥哥是君主，就连儿子也是未来的君主，的确算得上好命格。

夫君在她的后院为她种上了满园牡丹，在他的精心照料下开得甚至比齐国的还要好，她却总是待在房里，不喜出门。

日子一天天过，同儿都开始学习治国之道，她坐在后花园的凳子上看着刚刚入宫的几名年轻女子美貌如仙，发觉时光快得让她措手不及，就这样有了皱纹。

当她再次踏入齐国时，诸儿已经成了成熟的君王，她精心打扮了一番前来赴宴，漂亮得连夫君都眼神闪烁地说："难得见你如此装扮。"

诸儿穿着华贵的衣裳，依然英姿挺拔，比当年多了几分沉稳。与他对视的那一刹那，她内心波涛汹涌，脚步都有些虚浮。

宴会上夫君和诸儿相谈甚欢。

宴会后，诸儿邀请她去后宫同她那些未见过面的嫂嫂话话家常。文姜知道这只是说辞而已，但她从重新踏上齐国这片土地开始就义无反顾，那种炽热的情感，天雷勾地火般熊熊燃起，任是谁也无法阻拦。

没想到她被夫君撞个正着，他愤怒地给了她一个耳光，拉起她急急带她回鲁国。他难得这样气急败坏，指着她的鼻子骂道："不知廉耻！"

回鲁国的路上，公子彭生将夫君杀害。她哭倒在夫君身上，久久不能平静。一日夫妻百日恩，虽然她始终没有爱上他，但他的温柔宽厚，她又何尝感受不到？她心非磐石，十多年的陪伴，她终究不想伤害他。

同儿成了年轻的君主，她还是留在齐国，因为此处的牡丹最是娇艳。诸儿常常与她一起谈天说地，他们说着小时候那些趣事，她还是那么冒冒失失，他无可奈何地刮着她的鼻子说："你还是没长大啊！"

那大概是文姜一生中最快乐的时光，她不用担心有人掌控她的命运，强迫她去做她最讨厌的事情，她可以日日见到喜欢了许多年的少年，和他吟诗作对，花前月下。偶尔她会想起鲁国那个为她描眉的男子，心钝钝地痛。

诸儿总说她不擦胭脂的模样最是可人，她抚着眼角的皱纹，唉声叹气，他却深情地对她说："这样更美。"

国事家事天下事，事事都需诸儿决断，诸儿常常说与她听，她也常常为他出谋划策。她已不再年轻，和他在一起却常常如待字闺中的少女般充满无限遐想。

命运无常，常常在人的欢乐时光中给人致命一击。

诸儿死了。

她哭得不能自已。她的夫君离她而去，她的爹爹长眠地下，她的诸儿也和她阴阳相隔。

她想过轻生，离开这个牡丹花已不再开得娇艳的地方，去找诸儿，去找爹爹，去对那个一直对她温和的夫君说一声谢谢。

但她还有同儿。

鲁国这位年轻的君王还需要她。朝堂之上他是年纪轻轻的君王，都说君王是万人之上，但无奈和妥协又有多少人能懂？

为了她的同儿，她开始出谋划策，凭借敏锐的直觉和天赋将鲁国打理得井井有条，鲁国慢慢变得强大。

她曾经抱着诸儿，赖着他讲千军万马的战场之事。如今，她站在顶端，指挥着这千军万马，为她爱的人和爱她的人守护这天下。

牡丹仍然开得那样早，文姜想起诸儿曾说："小妹最是天香国色，牡丹见了都要自愧不如。"

世人说她"荒淫无耻"，也说她"貌若桃花"，她满身美名与骂名，从齐国出嫁，在鲁国指点江山，成为传奇女子，代代流传。

息妫：桃之夭夭，灼灼其华

息妫，有"桃花夫人"之称，乃春秋时期四大美女之一。初为陈国公主，后嫁与息国国君为"息夫人"，最后情归楚王，一生跌宕起伏。

◆ ◆ ◆

她出生在一个深秋的早晨，那本该是一个菊花开遍的季节，宫头墙角的那一片桃花林却悄然开放。

她额头上带着淡淡的桃花印记，本该是在千恩万宠中长大，却因为祖母的一句"生来异数，必是不祥"，便同拥有绝色之姿的母亲一同移居宫殿北侧。

母亲本是有才华的女子，自她懂事起，便开始尽心教导她，琴棋书画，息妫样样不比在正宫长大的公主差分毫。

母亲是个淡然的女子，没有因为备受冷落而自暴自弃，反而活得更加有滋味。偏僻的孤园旁被她种上了许多桃花，母亲常说："既来之，则安之。"

她常常听宫人说，母亲曾经是最受宠爱的夫人，父亲将母亲视若珍宝，独独祖母不喜，连着她一起厌恶，这才一出生便被抓住可以降罪的把柄，将她们发落此地。

每到春天，满园的桃花开遍，她喜欢在桃花树下翩翩起舞，落英缤纷时，任桃花花瓣沾满她的衣裳。

她是陈国公主，美若天仙，纵然居于偏僻之地，美貌也传遍宫闱，众人都说她有"桃花之姿"。

就连她额头上那块被说为"不祥之兆"的胎记，也被人争相模仿，宫人们也在额头上点上了桃花、梅花等形状。

她身处深宫之中，看多了妻妾之争，也知道自己的命运由不得自己做主。及笄那年，父亲将她许给了息国君主，听说息国君主一表人才，世上无双。

母亲对这门亲事颇为满意，开始教她些为妻之道。

她向来聪慧，此番道理不过小菜一碟。

母亲已经不再年轻，出嫁女子每年都可以省亲一次，下次再见到母亲时她不知又是何等模样，园子里的桃花是否依旧如初。

路途遥远，送嫁的队伍很壮观，坐在轿子里的息妫时不时探出头来，看看沿途风光。这是她第一次看到外面的风景，初春时节，桃花开得那样繁盛，花满枝丫，比宫中任何一处的桃花开得都要好。

她的丈夫息国君主仪表堂堂，待她温柔宽厚，生怕她在息地不适应，常常嘱咐厨子做些她爱吃的陈国美食，还在她居住的院子里栽种了许多桃花。

他爱她、护她，比世上任何一个人待她都好，她无以为报，只有真心待他，为他缝制新衣裳，在他处理朝政之事时为他洗手做羹汤。

生活一帆风顺，两人感情称不上海枯石烂却也淡然宁静，比她之前想象的好上许多。

一年的时光这样快，回陈国省亲时，她化上了精致的妆容，远山眉如黛，玉簪斜插，桃腮带笑。她想让母亲看到她幸福的样子从而放心，却不料途经蔡国时，被好色的姐夫看上。

眼神满是挑逗的姐夫居然还想将她留在蔡国，这简直是一桩笑话。她愤怒、厌恶，偏偏此次省亲带的人手不够，在百般权衡下，她想了一个主意，假意答应姐夫，让夫君归国然后搭上强大的楚国，让楚王来收拾这个无耻至极的姐夫。

楚灭蔡之心，早已久矣。

归国不久后的息侯给蔡侯传来紧急求救信，说是楚国要攻打息国，请蔡侯派人援助。刚刚夺了人家夫人的蔡侯果然上当，立即发兵援助息国。

蔡侯上钩了，楚国轻轻松松地俘虏了一脸惊愕的蔡侯。

她终于要见到夫君了，不晓得这段时日夫君吃得好不好、穿得暖不暖，会不会夜半惊醒，是不是又废寝忘食操持国家大事。

蔡侯无耻至极，在被俘后，心怀怨恨，居然常常向楚王说起她的倾国之姿，还说她额间带桃花，实乃仙子下凡，若得之，乃家国幸事。

楚国国君听其言，发兵攻打了息国。

她看着城墙下尸体横陈，老百姓因战争家不成家，悲痛万分！

夫君总安慰她说："与你无关，楚国想要侵占息国很久了。"

当头发花白的老公公，跪倒在她面前，磕头磕得头破血流，求她答应楚国，救黎明百姓于水深火热中时，她是慌张无措的。

但这一切又的的确确是因她而起。

夜深，夫君在她身侧安然入睡，她替他掖好了被子，穿好衣裳，唤穗儿替她抹上了胭脂后，她去面见了楚国国君。

楚国国君见到她很是高兴，高声催促宫人为她准备舒适的软榻。她开门见山地告诉他，她答应他的要求，只求他不再伤害息国百姓，让百姓远离战火。

他毫不犹豫地答应了，很快兑现了诺言。她也信守承诺待在楚国宫殿里，成了他的新宠。

她再也没有见过夫君，听说他被楚国君主封了个小官，具体是干什么的宫人都不愿意透露给她。也罢，活着就好，只要他活着。

楚国君主生得英俊挺拔，常赏赐她华美的衣裳，她却不肯主动同他说话，因他灭了她的家国，让她从舒适安然的息国夫人成了被人奚落嘲笑的楚国妾氏。

他的夫人们常常奚落她，说她这般女子早应该跳井自杀，生来不祥，还侍二夫。

她不愿同她们争吵，闲暇时候总是看书，母亲常说"既来之，则安之"。

没过多久，她怀孕了，楚国君主很高兴，赏赐了宫人很多珠宝，政事一结束就朝她屋里赶，督促她好好吃饭，吃完饭还要拉着她去园子里散散步，赏赏景。他很爱护这个孩子，也害怕她不惜自残。

但他不知道，她其实从未有过这等念头。他灭了息国，让她的夫君成了阶下囚，让她成为天下笑柄，可孩子无辜，她不想牵连无辜之人。

他闲暇时会带她去宫外的集市逛逛，带她去野外骑骑马。

他为他们的孩儿起名为堵敖，常常将她抱在怀里，温和得和那个在战场上杀伐果断的男人一点也不相像。

她很少同他说话，他只当她是思念故国，立马差遣婢女找了几个陈国女子服侍她。

她在他的宫中安然一方，很少同他的夫人们交往，可都说最毒妇人心，她没有料到，他的夫人居然对敖儿下手，敖儿差一点落水身亡，幸好看管他的嬷嬷及时将他救下。

嬷嬷的身体已经僵硬发冷，躺在地上，手举着哇哇大哭的敖儿。

息妫吓得半死，那是她第一次在楚国君主面前落下眼泪，也是她第一次主动开口和他说话。

她求他庇佑敖儿，护住敖儿，她愿意待在这深宫中不想其他。

他问她，为何这三年都对他如此冷淡？

她羞怒道："一女侍二夫，天下笑料。"

他挥袖而出，第二天就将那些嚼舌根的宫人处置，他的夫人也被他打入冷宫，在冷宫中度过漫漫余生。他甚至发兵灭了蔡国。

他对敖儿很是喜欢，教他读书写字骑马射箭，和母亲当年教她琴棋书画一样细心，敖儿贪玩，总会被他骂个狗血淋头。

每当这时她总是和他作对，将敖儿护在怀里，不许他打骂。纵然她知道慈母多败儿，但她就是喜欢看他恼怒又无可奈何的样子。

一日一日待在深宫里，她对他不再心怀怨恨，甚至在早晨醒来时，用手比了他的鞋子，这个下意识的动作她也不知道怎么就做了，自然得就好像他们只是寻常夫妻。

那日，她在床榻上休憩，迷迷糊糊听见他的手下同他说起如何处置她曾经的夫君的消息。她失控了，她已经委身嫁给了他，息国国君已成为下下等的官，他还要背信弃义，做那无耻小人吗？

她愤愤地骂他，说他"卑鄙无耻"！

他恼怒得青筋暴起，将她软禁了起来。那时敖儿已经长大了，跪在房门前求见她，却被他断然拒绝。她偷偷派丫鬟去打探息国国君的消息，得知他安然无恙后，松了一口气。

穗儿说，只要她待楚国国君好一些，息国国君的日子便会好一些。

她开始加倍对楚国国君好，为他缝制衣裳。他穿起来有些不合身，袖口她缝制得有些窄小，他却摆摆手，常常穿在身上。

一到冬日他便常常咳嗽，她便日日精心为他准备炖梨汤，亲眼看着他喝下。有时他政事繁忙，她就派丫鬟送去。

日日如此，她逐渐分不清，她是真的对他好，还是虚情假意。

春日时节，阳光明媚，桃花开得很灿烂，她正坐在庭院里看着池里的鱼儿优哉游哉，穗儿慌慌张张地跑过来告诉她楚国国君死了。

她吓得手里的手绢都落到了池子里，满脸难以置信。

那样高大伟岸的一个男人，怎么好端端地就死了呢？

她……她新缝制的衣裳还没来得及给他穿上呢。这次的新衣裳绝对合身，她每一个地方都量得清清楚楚，分毫无差。

桃花落了，一片片化为泥土，躺在地上。

国不可一日无君，敖儿即位，但敖儿居然想杀死自己的亲弟弟。结果手足相残，一番波折后，敖儿被弟弟杀死，她的小儿子成了楚国年轻的君主。

江山未稳，她忧心忡忡，对于年轻的君王，一批批老臣自然不能心服口服。子元势力庞大，常常把持朝政，还对她这个嫂嫂很不恭敬。

但她记得楚国国君曾经告诉过她："为君之道，在于养精蓄锐。"

她用计谋使人杀死了子元，随后天下稳固，她幽居深宫，日日在桃花树下看着夕阳西下，偶尔会想起那个英勇强大的楚国国君第一次见她时欣喜若狂、毫不稳重的模样。

人生若只如初见该有多美好。

郑旦：

所谓伊人，在水一方

郑旦，春秋时期美女，她与西施并称为"浣纱双姝"，曾与西施等八位美人一同被进献给吴王夫差，谨记使命，在吴国迷惑夫差。她是一名爱国女子，为了国家甘愿奉献，是那个时代有功的美人。

◆ ◆ ◆

苎萝村和十五年前一样，青山隐隐，流水潺潺，溪水清澈见底。

郑旦已为人妇，过的不再是舞剑、卖豆腐的生活，在吴国的那些年，她学会了女红刺绣，时常到集市卖缝制的衣服补贴家用。

这样男耕女织的生活再美好不过。哦，她还有一个大胖小子，去东村找东施的小女儿玩了。

郑旦打好了结，将针线放回抽屉里，胖小子气喘吁吁地跑了回来，鼻尖上的汗水都还没来得及擦拭。

"娘，他们说西施姨姨去了天上，这是真的吗？"

郑旦摸了摸胖小子的头发，替他理了理衣裳，眼神远远的："她过得很好。"

胖小子总认为她是天下第一美人，因为他说整个村就自己娘最漂亮，郑旦却摇摇头，每次都告诉他："你西施姨姨才是第一美人。"

那种美，倾国倾城。

倾者，覆也。

她们本是天真烂漫的农家女，却被作为武器献给吴王夫差，背负着万千百姓的希望背井离乡。吴国宫殿的水总是用最华贵的杯子盛放，却不及小溪里的涓涓流水清甜。

一切恍然如梦，在吴国的那十年，她回忆起来宛如黄粱一梦，却胆战心惊。

她是卖豆腐的郑氏之女，向来不喜欢文墨，自小便喜欢武功，拜了邻村王大侠为师。

西施是樵夫施氏之女，唤作夷光。初见到夷光，郑旦便惊为天人，那日西施穿着破旧的衣裳，不施粉黛却清纯如画。

村里人人都说："苎萝有两女，皆为佳人。"

郑旦美得自信张扬，就像舞剑一般，剑一出气势自来；西施的美则是含蓄的，宛如含苞待放的花，让人怜惜，愿意停下脚步静等她悄然绽放。

还记得她们的相遇是在小溪边，那日西施蹲在溪边默默地洗衣裳，嘴里哼着小曲儿，声音甜美悠扬，与山间鸟鸣声相辉映，她一时没注意，手里的衣裳飘到了水中央。

西施急急脱下鞋子想去水中捡起那件衣裳，郑旦正巧路过，凭借轻功轻松捡起那件灰布衣裳。

"谢谢姑娘。"西施温和地道谢，肤如凝脂。

"我叫郑旦，我知道你叫夷光。"

便是这样，两个女子成了好友。她比西施大了两个月，西施唤她"姐姐"，她唤西施"夷光"。

西施在她面前总是不太自信，觉得她聪慧热情、明媚开朗，就连玉足也生得那样好看。西施苦恼道："姐姐，我的脚大，好丑！"

她隔日便送给西施一件长长的裙子，恰好遮住脚："你看，这样不就很美了。"

"姐姐，我的脸太大了，像脸盆似的。"西施摸着脸，拧着眉头，格外自卑。

她将西施拖到小溪边，溪边的鱼沉入了水下："你看，鱼儿见到你的美貌都不好意思了。"

郑旦总觉得，她可以一直这样和西施无忧无虑下去。

吴国攻打越国，越国战败，国君成了俘虏，越王便准备从越国选八位美女献给吴王。

"姐姐，我们就这样成了亡国人啊！"

范蠡带着宫人来村里选人，一眼就看中了郑旦和西施。她们被范蠡带回宫同另外的美人一起学习宫中礼仪、琴棋书画。

西施聪慧过人，一点就通，常常得到嬷嬷们的赞赏。范蠡将军也常常来查看她们学习的进度，西施每次看见范蠡都会面色泛红，范蠡每次瞥向西施也都有些不自然。

郑旦没有私底下问西施，这样显而易见的事情，不必多问，何况她们都是亡国女，即将成为吴王的女人，生出情愫并不是一件好事。

去吴国的路上，西施对她说："姐姐，我不想去吴国，我想跟着范将军。"西施眼神惆怅失落，但也无可奈何。

她们都知道在国破家亡面前一切儿女情长都是妄想。

"我会保护你。"郑旦握紧西施的双手，安慰道。

她向来无牵无挂，迷惑吴王是她们八个美人的使命，迟早要服侍吴王，那么她可以做第一人。

而西施有牵挂有抗拒，心思又单纯，在美女如云的吴国后宫本来就难以立足。

面见吴王那天，郑旦特地打扮得格外美丽，面若桃花，肌肤胜雪，芙蓉都不及美人妆。站在她旁边的西施都惊呆了："姐姐你今天太美了！"

吴王一眼就相中了她，极尽宠爱，赏赐不断，偌大的桃花殿处处皆是御赐珍品，连她梳头用的梳子都抵得上普通人家三年的花费。

后宫的妃嫔则常常给她使绊子。西施来寻她，欲言又止地看着她："姐姐，你又消瘦了。"

那一次郑旦身子见红却被王后故意惩罚，叫她去池里找回丢失的玉镯，说那镯子是太后娘娘赏赐的，金贵得紧。

深秋季节，冷风瑟瑟，郑旦没有找到那只玉镯就已经晕倒在池里。

醒来后，西施守在她身边："姐姐，我决定跟着吴王。"她的夷光眼神终于不再躲躲闪闪，多了几分坚定。

"那范将军呢？"西施当真能舍下念念不忘的情郎吗？

"报完国仇后，如果范将军还愿意要我，我自然生死相随，现在，我不能坐以待毙。"西施握紧郑旦冰冷的手，两人相视点头。

等郑旦病好全了时，西施已经成了吴国后宫中最尊贵的女人，夫差赏赐的珠宝如同滔滔江水连绵不绝。王后每每想要惩戒西施，吴王便会训斥王后，听说吴王早朝也时常延误，折子好久都没批阅。

那日西施穿着青色的衣裳来寻郑旦，说大臣又开始上书，觉得越国献美女，居心叵测。

郑旦思索片刻，对西施说："看来，我们得起内斗，打消那些大臣的猜测之心。"

杏花树下，西施点点头："还是姐姐聪明。"

郑旦与西施不和的传闻逐渐在整个后宫流传，王后特地前来奚落郑旦："你的好姐妹现在抢了你的恩宠，你作何感想啊？"

郑旦佯装恼怒，手里的帕子被撕个粉碎："西施那个贱人！"

吴王已荒废朝政，日上三竿不早朝，听说民间早有吴国百姓传唱吴王昏庸的歌谣。

桃花殿冬日很冷，炭火烧得很旺，郑旦常常穿着披风去宫里逛逛。那日她下楼梯没注意，从楼梯上翻滚下来，幸好吴国秦将军及时救下了她。

"听你的口音，不像是地地道道的吴国人。"郑旦凝视着长身玉立的男子。

"家母是越国人。"

仅这一句，郑旦便记住了他。

原来有的人只消一眼便会刻在心底，念念不忘。

从此，秦将军成了郑旦枯燥生活的念想，她越发喜欢绕着宫里四处走走，她不知道秦将军哪日当值，也不敢去打听，只有日日碰碰运气。

秦将军说："娘娘日日好兴致。"

秦将军说："娘娘似乎懂些功夫。"

秦将军说："娘娘终有一日会见到家人。"

那个人武功非凡，能力超群，对她不逾矩也不冷淡，这寂寂无聊的时光，也有星火的碰撞。

宫里的杏花开了又落，宫殿的门槛郑旦已经走过无数遍，宫中人都道她失宠郁郁寡欢，终日惶惶。吴国朝政日渐荒废，大臣上书总被沉溺温柔乡的吴王打断。

西施在傍晚来寻她："姐姐，我听说越王已经准备行动了。"西施眼底是许久不见的欣喜，单纯如同那年埋怨脚大，而郑旦送了条裙子给她时一般。

"好。"郑旦露出的笑容很是疲惫。

这么多年，终于可以回家。

她已经很久没同秦将军说过话了，每次遥遥望见，他都行色匆匆。也许，等到越王胜利时，他们就再也见不到了吧。她还没告诉他，她家住哪里，村里青山流水处处好人家呢。

吴王夫差自杀身亡，越王复国。越国百姓欢呼着迎接越王，祝愿越王长命百岁，甚至将西施的事迹编成了歌谣处处传唱。

郑旦再次见到西施是在一个黄昏，那也是她们最后一次相见。

西施穿着青色衣裳，带着小女儿家的闲愁来到她屋里，那衣裳是她当年送的。

西施说："姐姐，我要和范蠡归隐了，谢谢姐姐多年照顾，有缘再见。"

两人一个拥抱告别。

她照顾多年的妹妹终于等到了范蠡，她看着两人相携离去，身影被夕阳拉得长长的。不知道他们会去哪里泛舟游湖，恩爱不疑呢？

十年之久，她的西施妹妹终于如愿以偿。

越王说她功不可没，要赏赐她千两黄金，郑旦拒绝了，她只求重归苎萝村陪伴爹娘身侧，饮溪边清甜的水，捕下树林里的野兔。

郑旦走到村口时，东施看了她许久："你终于回来了啊，你家来了位客人，等你好些天了。"

客人？是哪一个故人寻到村里来了？她从未告诉过别人自己家住何处啊。

郑旦推开家中的小门，爹爹喜悦地看着她："旦儿啊，你怎么才回来？"爹爹急急地拉着她朝屋里走去，老茧丛生的双手很是温馨。

秦将军。

郑旦愣住了，惊讶、诧异、难以置信，她愣了好一会儿，脑子一时转不过来。

"你怎么在这里？"越国破吴后，她就再也没见过他，甚至有过最坏的设想——他已经被越国军队杀害。

"我本是越国人，我是来向家父家母提亲的。"秦将军眉眼带笑，身上穿着粗布衣裳。

村里杏花开遍，花香四溢，馥雅浓郁。杏花树下，他教她舞剑。

"我是该叫你师兄还是夫君？"

郑袖，战国时期楚怀王宠妃，容貌倾城，工于心计，为争宠不择手段，用计陷害魏美人，还曾陷害屈原。

◆ ◆ ◆

她生于楚国，长于楚国。

张仪说："楚王幸姬郑袖，袖所言无不从者。"

其实她哪有那么了不起，不过是比别人多了几分揣度心意，多了几分谄媚讨好罢了。

郑袖最开始并不是一手遮天的宠妃，彼时，她人微言轻，居于西门窄小的宫殿，而楚怀王最宠爱南后，夫妻情深，朝廷上下无不称好。

郑袖呢，常穿着宫人送来的不合身的衣裳，吃着膳房做的不合口的饭菜。

婢女秋耳和膳房说了好几次，都被冷遇和奚落。

在这深宫中，君王恩宠才是女人立足的根本。

她曾远远看过南后几次，那王后精神焕发，衣裳华丽精致，长得算不上多漂亮，却是难得的端庄大方，不似郑袖烟波含水，别有一番风情。

这帝王宠，她必须牢牢抓住，她也想和南后一样威风。

传说楚怀王身怀异味，却从未叫医者诊断，婢女太监更加不敢多言，想必楚怀王应该是自知的吧。

郑袖熏好香，换好漂亮衣裳，去了荷花池旁翩翩起舞。她歌喉清婉，舞姿翩翩，来来往往的宫女都看直了眼。一舞作罢，郑袖招呼秋耳为她擦了擦汗，原路返回。

"娘娘就这样回去？"秋耳不明所以。

"明日再来。"操之过急，往往适得其反，她要的就是个不鸣则已，一鸣惊人。

几日过后，宫里传开了，都说申时荷花池旁有位美人一舞倾城。

楚怀王好色，得到消息就迫不及待前往欲一睹美人风姿。他赶去荷花池，见到了精心装扮的郑袖，纤腰丰臀，旋转扭腰间妖娆万分。

郑袖成了楚怀王的新宠，日日君王恩，她的宫殿便夜夜熏香，最清新不过的百合香气，与她妖娆的气质很不相符，楚怀王却爱极了这味道："爱妃这里味道甚好。"楚怀王揉了揉郑袖的小手。

"大王身上的味道才让袖儿安心。"郑袖说罢，娇羞地扑进楚怀王的怀里。

楚怀王哈哈大笑，搂紧了她。催促上朝的太监在旁边着急，楚怀王大袖一挥："今日不早朝。"怀里的郑袖长袖轻放在鼻子旁，嗅着百合香气，眼中含笑。

南后是书香门第，自小重视礼仪教养，自有一股子贤妇的气息，从不找她的麻烦，还时时邀请她一同赏花，嘱咐她务必伺候好大王，毕竟"伴君如伴虎"，宫里被楚怀王冷落杀掉的人不少。

郑袖对诗画一窍不通，自小学习音律舞蹈，和南后性子完全不同，南后待她宽厚，她也回报以礼，做姐妹却是万万不可的。这宫中向来就没有姐妹情，一朝入后宫，姐妹情谊无。

楚怀王爱屋及乌，大封她的父母兄族，她每次都千恩万谢连连说："家兄才疏学浅，实在是依仗大王宠爱，袖儿一定加倍服侍大王。"

楚怀王捏了捏她的脸："还是袖儿得我欢心。"

可好景不长，时下魏国国主向楚怀王进献魏国美人，魏美人楚楚动人，我见犹怜，与郑袖的美完全不同。她美得张扬明艳，魏美人如同山谷空泉，悠悠然然。楚怀王见之大喜。

郑袖开始独守空房。

底下宫人见风使舵，样样都先献给魏美人挑选。

楚怀王偶尔才来看看她，她却每次都说尽魏美人好话，楚怀王不禁称赞她实乃"宽厚过人"。

这宫中有时是需要姐妹之情的。

郑袖主动同魏美人交好起来，魏美人喜欢舞蹈音律，她便常常教魏美人舞蹈，魏美人喜欢绿色衣裳她便送许多绿色衣裳给魏美人，宫中新建了几所宫殿，她也说："由妹妹先挑选。"

魏美人眉目清秀，总对她说："本以为背井离乡后会孤独，却不想姐姐比家姐还要好。"

但在后宫中，相信姐妹情深，简直是愚蠢至极。

郑袖心中冷笑，面上却温温和和的："我瞧着妹妹也比我家里那些妹妹温和呢。"

楚怀王看她们姐妹情深，对郑袖更是不吝赞赏："郑袖明知我喜欢魏女，可是她爱魏女比我还要厉害，这简直是孝子侍奉父母、忠臣侍奉君主的方法。"

楚怀王相信她，她这一步计划便是走对了，那么接下来，是时候让魏美人失宠了。

她佯装好意地对魏美人说："妹妹，大王同我说你的鼻子生得不太好看，所以你日后同大王在一起时时常捂着鼻子才能延续这宠爱啊。"

魏美人听从郑袖的话，每次楚怀王亲近时，她都捂着鼻子同楚怀王交谈。楚怀王不解，魏美人却不敢解释。

纳闷的楚怀王便询问魏美人的好姐妹郑袖，郑袖左右为难，跪下求楚怀王听后千万不要生气，楚怀王敷衍答应。

"妹妹说，大王身上有异味，所以……可是妾未曾闻到过。"郑袖这一番话说出来，魏美人应该失宠无疑了。

楚怀王大怒，吩咐侍卫割了魏美人的鼻子。

郑袖大惊失色，眼睛里满是难以置信："大王，求你饶了妹妹。"

楚怀王说，如此妇人，罪不可恕。

原来这就是君王恩宠，伴君如伴虎，她实在不敢再多说一句。

君王之怒重则血流成河，郑袖的手在袖子里颤抖。魏美人，终究是我对不住你。她原本只想魏美人失宠而已，却不料……

楚怀王恢复了对郑袖的宠爱，宫中又是人人看她眼色行事。

"秋耳，你说我这宠爱能到何时？"魏美人得宠不过短短时日却如此下场，郑袖实在惧怕未来自己死无葬身之地。

"娘娘貌美如花，定然盛宠如初。"秋耳帮她摘掉珠钗，梳了梳头发。

"花无百日红。"君王之宠，让人胆战心惊。

果然，楚怀王开始派张仪搜寻天下美人。郑袖听后，非常担心自己失宠，偷偷花重金买通了张仪。

张仪佯装寻遍天下美人后，对着楚怀王摇了摇头："天下唯郑美人和南后至美矣。"

楚怀王听之大喜，当夜搂着身穿薄纱的郑袖说："袖儿果然是百闻不如一见的美人。"

"多谢大王夸奖。"郑袖谦虚答道。

什么贤良淑德、乖巧懂事，不过是一时之喜而已，这后宫向来只见新人笑，不闻旧人哭。

宫殿里的百合香淡了一些，郑袖忙吩咐丫鬟继续点上。

每次同楚怀王亲近她都会在袖口放上香囊，伪装得很好，连楚怀王都没有发觉。

只是不知道下一个被残忍毒杀的又会是谁。

南后？还是她？还是另有新人？宫中风起云涌，郑袖除了步步为营小心翼翼，别无他法。

朝中常有大臣贿赂她，请求加官晋爵、天牢释放等，都是些她轻而易举就能办到的小事。

那些人磕头道谢："多谢娘娘抬爱，娘娘真善良。"

呵，她常常听到的却是有人骂她"祸国殃民""手段毒辣""心如蛇蝎"。

罢了，不过是人言而已，她自己舒坦，才是最畅快的事。

楚怀王还是很宠爱她，她终于怀上了自己的孩子。楚怀王给了她几个经验老到的嬷嬷服侍她，南后也常常跟她说些经验之谈，还亲自送补品燕窝给她养胎。

她从不担心南后下毒，因为南后再贤惠不过，或者可以这么说，南后根本不爱楚怀王，妻妾子嗣都是无关紧要的事。

南后说："看妹妹这么爱吃橘子，这一胎一定是男儿。"

郑袖心里则想，生男生女都没关系，只希望不要身有异味。

南后的儿子也摸了摸她的肚了："娘娘这一胎，定然是弟弟。"

都说小孩慧眼识珠，大概真的是个男儿吧。

郑袖生产的那一天，天气格外寒冷，风吹得窗户呼呼作响，接生的婆婆将一碗碗汤药灌下："娘娘再用力一点，看到头了。"

郑袖使尽了浑身力气，汗水打湿了衣裳，终于听见"恭喜娘娘生了个男儿"。

深宫生活有了孩子果然好上许多，但她还是时时提防楚怀王有新宠，怕失去宠爱。

现下不只是她一个人了，她还有孩子，只有盛宠不断，孩子的地位才能高贵。她不似南后是原配夫人，地位稳固，只能时时谋划，精心算计。

一天天、一年年，楚怀王还是常来她的宫殿，教她的孩子走路，用葡萄引诱孩子朝前走去。她坐在后面，笑得很安心。

后来，秦国攻占了楚国八座城池，秦王约楚怀王在武关会面，昭雎、屈原纷纷劝告，阻止楚怀王前往，说定有阴谋。

楚怀王告诉她，此番定然前去，但是凶多吉少，要是有个万一，要她好好保重。楚怀王搂紧了她，像是要将她嵌进骨肉里。

那是她第一次没有袖中暗藏香囊，味道，好像也不是那么难以接受。她舒心地闭上了眼睛，感受着他的怀抱的温暖，宫中人纷纷识趣退出。

楚怀王已经去了好多天，没有半点消息。郑袖坐在院子里看着孩子端端正正地拿着书本摇头晃脑地念叨着。

秋耳匆匆从宫殿外跑来，惴惴不安地说："娘娘，宫中有人说大王这次怕是有去无回了。"

"掌嘴。"郑袖拧了拧眉头。

稚儿喊了一声："娘亲。"

楚国终至"兵挫地削，亡其六郡，身客死于秦，为天下笑"。

阿房女：

有美一人兮，思之如狂

阿房女，赵国采药女，秦始皇念念不忘的美人。据说秦始皇曾想立她为后，遭到了文武百官的强烈反对，后阿房女自杀身亡，秦始皇悲痛不已，为其建造阿房宫。

◆ ◆ ◆

河水冰冷彻骨，阿房一步一步走向河中央，河水漫过她的膝盖、纤腰、脖颈，她抬头看看天上，月光惨淡。

秦国的月终不似赵国般明亮。

当年牵着她在月光下捉迷藏的那个人，如今已经君临天下，翻手为云、覆手为雨，再也不是穿着破旧衣裳被人欺负的少年郎。

"今人不见古时月，今月曾经照古人。"赵国艰苦却烂漫的时光，终究是回不去了。

江山如画，却也如画般容易被撕毁。她的政儿也已经不再稚嫩年轻，他雄心十足，再也不是一眼就能看透的少年郎。

她是赵国女，身份低微、出身贫寒，政儿却执意要立她为后，那些大臣恨透了赵国，纷纷上书反对他的决定。

政儿和大臣闹得不可开交，他扬言要杀了那几个目无尊上的大臣，愤怒地说："谁敢嚼舌根，统统杀了。"那些辅佐政儿一统天下的大臣哪儿能一气之下全部杀了，这会被天下人唾骂的。

天下黎民，人言可畏，哪能这么放纵任性。她无意皇后之位，只要陪在政儿身边她就满足了。

政儿却不知吃了什么迷魂药，这次怎么劝也劝不了，一个月下来从未有过好脸色。大臣纷纷说："阿房女，左右皇上，实乃祸国！"

她留下了一封信，偷偷逃出宫殿，来到这河边。她要游到河对岸去，寻一处僻静的村庄住着，等到政儿醒悟做一个仁德明君时，她再回来看看他。

她在信上说：政儿我已走远，不必牵挂，望你做个贤德君主，有缘自会再相见。

有缘千里牵一线，她和政儿的初识便是那样始料未及。

政儿身为质子之子，在赵国吃着最下等的饭菜，还时时受人侮辱欺负。

那一日她同父亲去药铺为母亲抓药，就看见他在街角边瑟瑟发抖，鞋子破了，露出了好几个脚趾。

父亲心善，为他买了好几个包子，还将他带回了家，母亲为他缝制了几双袜子。那时他是她家的客人，他说他叫"赵政"，她从未想过那位少年郎会成为平天下的君王。

母亲热情好客，经常邀请政儿一起用餐，他每次都吃得很小口，碗里总是干干净净，生怕浪费一丁点粮食。她每次都夹自己最爱的大鸡腿给政儿。

政儿总拒绝："你吃吧，你是女孩子，我是男孩子。"

"你是男孩子才更要强壮啊，否则坏人来了你怎么保护我。"她总是笑笑，非要看着政儿将鸡腿吃完。

她喜欢在地上写写画画，"你在画什么？"少年郎探过身来，看她画的东西。

"画母亲父亲和我呀。"一家三口，虽然贫寒，却温馨十足。

"那你把我也加上去吧。"政儿看向她，眼神里充满羡慕。

"好。"她点点头，在旁边加上了个小男孩。

政儿告诉她，他自小就是一个人，母亲不疼他，还常常见不到面，父亲有一堆事情要谋划，那个吕伯伯虽然待他很好，他却总觉得有点儿异样，说不清楚为什么，就是小孩子的直觉。

春日阳光和煦，天朗气清，邯郸城热闹非凡，街市上行人络绎不绝。

政儿牵着她的手，两人一起去买包子吃。他肉嘟嘟的小手紧紧地牵着她，行人这样多，她却一点都不担心会走失。

街上自动让出了一条道，乐器弹奏击打的声音越来越近，街上的人都踮起脚想要看。政儿问了身边一个年龄相仿的少年："这是干什么？"

"娶新娘子啊！"

政儿高兴地点点头，吕伯伯同他说过，等他再大一点，就可以娶新娘子，和新娘子同吃同住，然后生个大胖小子。

迎亲的队伍个个穿着喜气的衣裳，最前头那个肥头大耳的男人骑在马上，笑得脸上肥肉一颤一颤的。

"阿房啊，以后你就做我的新娘子吧。"政儿转过头来，真挚地同她说。

这是少年郎的诺言，一字一句，毫无杂质，干净得如同泥土里新生的幼芽，不染一丝杂尘。

阿房想了想，再踮起脚看着已经远去的队伍，嘟起嘴，一板一眼地对着政儿说："那你可不能长成他这么胖，肚子那么大！"看着就怪吓人的。

"哦，好。"政儿咧开嘴，哈哈大笑。

他们青梅竹马，两小无猜。她知道他心底的脆弱无助、别扭霸道，他也看过她要赖着非要父亲买冰糖葫芦的样子，她总以为日后常常能见到他，等着他来娶她做新娘。

但她等来的是政儿垂头丧气地对她说："我要回秦国了。"

她心里咯噔一下，秦国，那本来就是他的家。

"那你好好保重。"她没有理由留下他，也留不下他，她只是一介布衣女子，而他是质子之子，说不定前途无量。

"你等我，我会来接你的。"少年郎朝她挥了挥手，轻轻关上门，走远了。

屋外的海棠开了又谢，她听说政儿已经成了秦国君主，他小小年纪，小小身板，肩上担负的是一个国家、一方百姓。

父亲开始为她张罗亲事，听说隔壁赵大娘家的侄儿待人温和，性子很好，父亲母亲都很满意。她没有见过那个男人。

父亲订下了这门亲事后，政儿就派人来接她。那些穿着盔甲的士兵，个个训练有素，在父亲的担忧以及母亲的啼哭声中，她百味杂陈地上了轿子，去了秦国。

这是她第一次出远门，第一次离开生她、养她的赵国，第一次去往举目无亲的秦国。

秦国的月光不知是不是和赵国一样。

她在轿子里坐了好久好久，日出而行，日落便歇下住进客栈。领头的将军待她恭恭敬敬，一口一个夫人。

可她还不是夫人啊。

一下轿子她便看见了政儿。政儿一身黑色衣裳，身上佩着剑，长高了许多，身板也强壮了许多，连目光也坚定稳重了许多，这几年他在秦国应该过得很好。

"阿房，别来无恙。"她的政儿在宫殿外楼梯口牵起她的手。

她看着气势辉煌的秦国宫殿，一步一步走得很稳，眼神中却带着些惶恐不安和怯懦。

她入宫后的第一件事情，便是参见太后娘娘。

太后娘娘待她宽厚，赏赐了她几样东西便让她回去，说是自个儿要歇息。

政儿每次提起赵太后时，总是神色复杂，还告诉她，莫要同太后亲近。她虽然不明所以，却也点点头，政儿说的话她只需照做。

深宫寂寞，宫殿前的桂花叶她都数了好几遍。政儿公务繁忙，不能时时陪在她身旁，他见她无聊，将她在赵国的父母也接来秦国，亲人常常见面，倒也打发了大量闲暇时光。

和她的父亲、母亲在一起时，政儿才像是真正面对亲人，完全卸下防备，说话随意，一如多年前在赵国的小村庄一样。

政儿弱冠那年，终于亲政了，他长袖一挥，威震四方。他的眼神更加坚定，他说他的梦想就是一统天下，结束这混乱的征战岁月。

关于赵太后的流言，宫中已经传遍了，就连阿房都已经知道个八九不离十。政儿提起赵太后言辞中总是不耐烦，但碍于是亲生母子，血浓于水，也无可奈何。

一个是尊贵的婆婆，一个是身为天下君主的夫君，阿房什么也不能多说。

后来赵太后生下了两个孩子，政儿彻底怒了，果断将那个名叫嫪毐的人杀死。赵太后无可奈何，只能忍受失去心爱之人的痛苦。

二十二岁那年，政儿又杀掉了他一直尊敬的"吕伯伯"，她听见了些风声，却不便多说，这君王家看似尊贵无上，却总有许多不堪入耳的宫闱秘事。

她不懂朝政大事，只能时时为他准备一碗羹汤，待他疲惫时，喂他喝下。人们常说，伴君如伴虎，她却觉得政儿还是当年的政儿，至少对她一直不变，握紧她的手还是那样温暖。

青山绿水，秦国的风风雨雨染上了谁的白发。

政儿征战四方，马蹄踏遍天下。

她从黄发垂髫的小姑娘熬成了中年妇人，政儿也早生华发，不再是那个站在街口瑟瑟发抖的少年郎，他指点江山、驰骋沙场，一开口就是军国大事，一动手就是血流成河。

可他还是当年的那抹月光。

他三十九岁那年，实现了一统天下的梦想。朝臣上下恭贺"秦国千秋万代，君王长命百岁"，不，该说万万岁了。

他称帝后，只想立她为后，也只有她担得起。

但人生哪能事事如意，便是君王也只有诸多无奈。

"政儿，如今你手上沾染太多鲜血，待日后，你做一个仁德君王时便是我归来之时。安好勿念。"

她没想到自己的脚突然一阵抽搐，身子缓缓向下沉，呼吸越来越困难……她渐渐合上了双眼，使不上力气。

政儿，也许，再也看不见你千秋万岁。

陈阿娇：彼时再藏娇，长门不复留

陈阿娇，汉武帝第一任皇后，武帝曾用"金屋藏娇"许诺，后因其恃宠而骄为武帝不喜，更因巫蛊之事，被废黜皇后之位。阿娇曾花重金请司马相如作《长门赋》，然终未能重获帝宠。

◆ ◆ ◆

长门殿，陈阿娇吩咐宫女点了一盏灯，殿内明亮了几分。

自从来到长门殿后，她再也不喜欢点灯，不用再将整个屋子点亮只为等那个人来看她了。

自古无情帝王家，两小无嫌猜的缘分终究两不相知，死生不复相见。卫子夫的长子转眼已经到了娶妻生子的年华，她独居这长门宫，听说了很多椒房殿的消息。

民间都歌颂卫子夫是一代布衣贤后，进退有度、温婉大方，卫皇后常常规劝帝王"雨露均沾"，后宫女子数以千计，却都对卫皇后毕恭毕敬。所谓："生男无喜，生女无怒，独不见卫子夫霸天下。"

她不得不承认，刘彻这次看对了人，贤良淑德的卫子夫确实比她更适合做皇后。

从来没有人教她那些贤良淑德的为后之道，她一出生便是金枝玉叶，她的母亲是大名鼎鼎的馆陶公主，外祖母是权势滔天的皇太后，舅舅虽为帝王却常常赏赐她万千珠宝。

只有她想要与否，没有她得不到的。

在公主府里，人人对她低眉顺目，母亲常告诉她："娇娇，你未来是要做皇后的，没有人可以违抗你。"

太子刘荣她见过，胖墩墩一个小孩，总喜欢玩弹弓射箭，上次还差点误伤她。栗姬娘娘她也见过，时不时赏赐她些珠花，都是些不好看的样式。

她皱着眉头跟母亲抱怨："母亲，那个太子对我一点都不好，还有栗姬也是，那些珠花太老气了！"

母亲安抚着她，让她千万莫气坏了身子。

那一日，春光明媚，鸟语花香，她在宫里和婢女们放风筝，风太大，她匆匆忙忙地追赶风筝，一不小心踩到了大石头，险些就要摔倒。

正这时，一个温暖的怀抱接住了她，那是她和他的第一次相见，他说他是胶东王。她抬起下巴，笑容如花："我叫阿娇。"

回到公主府，母亲听说了当日的情况，将宫女全部训诫惩罚了一番。护主不力，其罪当罚。

当母亲听到胶东王的名字时，愣了一下。

一日，母亲带她去宫中看望外祖母，王美人同胶东王也在请安，母亲便过去拉着胶东王的手道："彘儿也快到娶媳妇的时候了，你看太后身边那个着黄色衣裳的女子如何？"

胶东王摇了摇头。

母亲将殿内稍有姿色的女子指给胶东王选，胶东王却一一否决。王美人忐忑不安，生怕胶东王这番言行惹怒母亲和外祖母，毕竟那些宫女都是窦太后的人。

母亲笑容灿烂，指着她同胶东王说："那阿娇如何？"

胶东王点了点头，说出了句让满堂笑呵呵的话："若得阿娇当以金屋贮之。"

金屋藏娇，母亲得到了满意的答案，窦太后瞧着两人金童玉女，答应了这门亲事。迟来的皇帝也对这门亲事颇为满意，对着胶东王说："日后好好待娇儿，否则朕饶不了你。"

这当真是举世无双的喜事，虽然做不了皇后，但阿娇心里美滋滋的。

母亲拉着她的手说："娇娇，母亲一定会让你登上后位。"

她知道母亲是尊贵无双的公主，一定有这个能力。谁不想母仪天下呢？

彘儿虽为胶东王也是贪恋皇位的吧，普天之下谁能拒绝那尊龙椅的诱惑？母亲助他拿下了帝位，他会更加感激她们母女吧？

诸事皆顺，太子刘荣被废，出身不高的王美人登上了皇后之位，其子彘儿也登上太子之位，阿娇则成了太子妃。

太子宫冷冷清清，没有那些好看的花花草草，阿娇唤宫女着人将宫殿布置了一番，用的全是名贵的花草，觑儿，不，现在应该叫彻儿了，彻儿的寝殿她也布置了一番，将那些无用之物统统烧毁。

彻儿回来后，有些不高兴："我屋子里那玉枕你扔了？"

那枕头瞧着有些年头了。"扔了。"阿娇仰起头，毫不在意地说。

"那是我母亲赐给我的。"彻儿将脸别向一边，很不开心。

"那现在这个是我送给你的，你更应该好好爱惜。"阿娇喝了口茶，褪去了衣裳，准备就寝。

那一夜，彻儿背对着她，一夜未语。

彻儿登上了皇位，封她为后。

这宫中真大啊，彻儿隔三岔五地来看她，她有时在外祖母身边撒撒娇，有时去彻儿那处瞧瞧。彻儿很忙，看见她来了仍然处理朝政大事，平阳公主说，不如陛下去公主府看看，就当放松心情。

她不喜欢平阳公主，不过碍于彻儿，她对平阳公主也算客气。

彻儿常常宠幸她，可是她一直怀不上龙子。母亲找来了宫外神医为她把脉看病，那些神医抚着白花花的胡子说："娘娘身子娇贵，只需放宽心，自然有孕。"

椒房殿富丽堂皇，夜里灯火通明，宫女禀报，彻儿从平阳公主府带回个姿色可人的歌姬，名叫卫子夫，听说舞姿惊人，彻儿一眼相中。

彻儿一回宫，她就同他大闹了一场。殿里花瓶杯盏碎了一地，彻儿拂袖而出，大怒道："你简直是刁钻跋扈！"

她本是皇后之位，才学不来那些歌姬的曲意逢迎，气极说道："你的皇帝之位都是依靠我母亲得来，现下如此，忘恩负义！"

彻儿恼怒地看了她几眼，之后一个月没来她的椒房殿。

她在花园里瞧见了卫子夫，卫子夫向她行礼说："久闻娘娘国色天香，今日一见果然倾国倾城。"

呵，这歌姬清丽可人，唇不点而红，怪不得彻儿一眼就瞧上。

"大胆，你是骂本宫是妖妃祸国殃民吗？"陈阿娇下巴轻仰，高傲地抬起卫子夫的下巴。

卫子夫微微颤抖，不敢直视她："奴婢绝无此意。"

"哼！"真是小家子气，这平阳公主府出来的歌姬到底只是歌姬，上不得台面。

某日，她差宫女做好了莲子汤去找彻儿，却瞅见彻儿同卫子夫在亭台卿卿我我，她一气之下就冲上去打断了他们。卫子夫乖顺地跪在地上听她发落，彻儿青筋暴起，指着她大骂一场，说她是妒妇！

妒妇，这天底下哪个女人愿意同别人分享一个丈夫？

母亲对于父亲一直也是严加看管！劝诫夫君雨露均沾，为夫君张罗妾室那是没脑子的女人才做的事，真的爱一个人会对他严加看管，不准他多看别人一眼。

卫子夫有孕了，彻儿很高兴，连带着对她这个皇后脸色也好了不少。这是他的第一个孩子，却不是她的第一个孩子。

她尝尽天下良药，苦不堪言，却还是无所出，而卫子夫短短数月就怀上了孩子。

彻儿越来越少来椒房殿，一下朝就去看望卫夫人。听说卫夫人常常劝诫皇上，要多多宠幸后宫众位夫人娘娘。

这歌女出身的美人，真是可笑至极！雨露均沾的劝诫岂是她一个小小夫人可以说出口的，当她这个皇后死了吗？

彻儿说，那是他的第一个孩子，要她好生照料卫子夫，眼神中充满试探、威胁。

彻儿说，卫子夫身子不爽，不需日日拜见她。

呵，只见新人笑，不见旧人哭，那被丢弃的玉枕，正是她的写照。

"彻儿，你可还记得当年金屋藏娇的誓言？"陈阿娇冷笑，没有一个女人愿意对抢了自己丈夫的女人生的孩子宽厚。

刘彻一言未发。

他地位日渐稳固，当年襄助他登上帝位的外戚成了他日日想拔除的毒瘤。

一朝荣，一朝损，自古帝王家，就是如此无情。

重提金屋旧事于刘彻而言是耻辱，他始终是靠着阿娇即位的，每次阿娇重提旧事他便觉卑微了一分。

她高傲美丽、刁蛮跋扈，对着他从来不肯退让半分。而卫子夫温柔如水，小鸟依人，服侍他温柔贤惠。

孰高孰低一目了然，他越来越不待见她，她开始心急如焚。卫子夫那个贱人，她恨不得除之后快。

楚服说，如果做小人诅咒一番，定可以让卫子夫病亡。阿娇生于宫中，自然知道巫蛊之事乃皇家大忌，她虽然欲将卫子夫除之后快，却万万不会出此下策。

未曾料想，她因为巫蛊之术，被废除了后位。

"皇后不守礼法，祈祷鬼神，降祸于他人，无法承天命。应当交回皇后的玺绶，退居长门宫。"她看着面前的彻儿满目陌生，这个说要好好待她一生一世的男人，终究辜负了她。

欲加之罪，何患无辞，帝王要人三更死，绝对活不到五更。

母亲找司马相如写了一篇锦绣文章，听说彻儿看后大为赞赏。

她虽居于长门宫，待遇和从前相差无几，殿里的宫女都不敢小瞧她，个个小心侍奉，生怕惹她不快。

冷宫春深日暖，她再也不用细细打扮，也不用派宫人打探彻儿的行踪。

卫子夫成了新一任皇后，居于椒房殿。有她这个嚣张跋扈的皇后在前，卫子夫定是贤惠之名满天下吧。

彻儿就是这样打了陈家的脸，功勋之家、外戚之家权力再大，也要看帝王喜怒。

初入长门宫时，她经常梦见小时候彻儿救下她的那一幕，那一天阳光和煦，微风不燥，天空中有她最爱的蝴蝶风筝。

辗转反侧是他，寝食难安是他，思之如狂是他，处处是他。一座皇宫深院，两人却是死生不复相见。

她爱得无理取闹，爱得张牙舞爪，没有人比她更爱他。

那些小心翼翼的劝诫、温柔如水的推托、大方客气地说"都是自家人，不必客气"，那些"皇上何不去王夫人那里看看"，都不过因为面对的是君王。

只有她，爱他像个夫君，霸道无礼、情深意长。

多情总被无情恼。

她这一生都不会知道，多年前他救下她只是一场精心算计。哪里来的那么多巧合邂逅？一切"英雄救美"都是另一个人的精打细算，而已。

幸好，她见到的不是他最残酷的样子。

位居后位三十八年的大汉贤后卫子夫，终究自杀身亡；佳人难再得的李夫人终究红颜薄命；本来妄图母凭子贵的钩弋夫人因为"子少母壮"下场凄凉。

她算是最好的结局。

花钿

上官小妹，乃汉昭帝皇后，家世显赫。六岁入宫，宠冠后宫。历经几朝，先后被尊为太后、太皇太后，终年五十二岁。

◆ ◆ ◆

年仅六岁踏入这深宫殿门时，她还是个年少不识愁滋味的孩童，那时她不想母仪天下，只想一辈子陪在父母身旁。

她记得从前表姐妹总喜欢带着她一起玩耍，上官府里有一架精致的秋千，她坐在秋千上，被姐姐们推得高高的，可以看见府外的商铺和行人，岁月如此静好。

尚是孩童时，她脸上带着稚气未脱的婴儿肥，有一次瞧见母亲梳妆打扮时白皙的皮肤、不点而红的唇，她嘟着嘴："娘亲，为什么我一点不像你花容月貌啊？"

霍氏放下手里雕着花的木梳，朝旁边的丫鬟说了句："你看看，小妹这么小就爱打扮了，这长大后还不知道要怎样。"

见到母亲调侃自己，上官小妹气得将脸扭向了另一头，有这么拆穿她的娘亲吗？

霍氏见女儿又这番模样，起身拉着她，捏了捏她细嫩的脸："你啊，现在还小，长大后自然就会有美貌，不过那都是给你夫君看的。"

母亲的贴身丫鬟笑盈盈地看着她："那姑爷可是有好福气。"

上官小妹也红了脸，她才六岁，哪来的夫君啊？还早得很呢。恼羞成怒的上官小妹急匆匆地跑了出去，末了还带上一句："不和你们玩了，总欺负我！"

后花园花香怡人，她开心地数着面前的海棠花瓣，却被贴身丫鬟打断："小姐。"

"唔，我又忘了数到几了。"上官小妹挠了挠头。

"小姐，老爷来了。"丫鬟急急地提醒。

上官小妹猛然起身，便看见祖父上官桀走来。她弓着身子向祖父行礼，祖父慈爱地拉起她："小妹啊，你是要去皇宫的人，不要太贪玩。"

那时她不明白祖父眼里的深意，直到很多年后，她才明白那是贪婪的欲望以及勃勃野心。

宫中来宣旨那天，公公笑得谄媚，全家上下跪着接了圣旨，公公亲自扶起她："上官姑娘，前途无量啊。"

母亲几乎哭到晕厥，父亲在旁边安抚着。

"你不是说这事成不了吗！现在怎么回事？"貌美的娘亲哭得妆花成了一片。

“父亲找上长公主的情夫，说动了长公主，我也是刚刚得知。”上官安一副愁眉苦脸的样子，拧着的眉头可以夹死好几只苍蝇。

“那去了宫里我还能见到爹爹和娘亲吗？”上官小妹可怜巴巴地问道。

上官安和霍氏愣了一下，对视一眼：“当然能，爹娘会常去看你的。”

上官小妹坐着轿子穿越了街市，迷迷糊糊地睡到了皇宫。一下车，她就见到了她的夫君。那是一个比她大五六岁的哥哥，她在细细打量他时，他也在细细看她。

她被封为“婕妤”，皇帝哥哥找了几个稳重的姑姑来伺候她，照顾她的起居住行，皇帝哥哥说：“婕妤年幼，出了差错，唯你们是问。”

嘻，皇帝哥哥很威风呢，不过听说皇帝哥哥身子不好，常年汤药不离身，那药肯定苦不堪言，有几次她发烧娘亲给她喂药，她都哇哇大哭，死死不肯喝一口呢。

皇宫真大啊，那么多宫殿，她记不清楚名字，也不晓得那些宫殿里都住了谁。

皇帝哥哥待她很好，总会赏赐她数不完的珠钗簪子、让人眼花缭乱的衣裳。但是皇帝哥哥待她总是不亲厚，让人觉得难以靠近。

她起先并不明白，后来有一次夜起听见丫鬟们聊天才知道，因为她是上官桀的孙女、霍光的外孙女，她的入宫不过是权势的牺牲品，皇帝虽小，却聪慧过人，怎会不防？

那些丫鬟怜惜地说：“娘娘表面风光，其实真可怜，六岁就离开父母，入了深宫将一生埋葬。”

她小心翼翼地不发出一点声音回到了床榻上，泪水打湿了枕头，她一夜未眠，原来她是这样可怜的女子。

过了不久，负责她的起居的姑姑告诉她，不日她将被尊为皇后。六岁的皇后，她连凤袍凤冠都撑不起来，还是个什么都不懂的孩童，就要成为母仪天下的皇后了吗？

铜镜里，她看着自己小小的身板、稚气未脱的脸庞，嘟囔了几句。

深宫日长，她上一次见爹爹娘亲还是皇帝哥哥的生辰，她远远地和母亲对望，几乎控制不住眼泪。

宴席过后，皇帝哥哥特许父亲母亲和她话话家常，她哭倒在母亲怀里。这宫中应有尽有，唯独没有疼她的爹爹和娘亲，姑姑处事再细心不过，却无法代替她的爹娘。

如果有选择，她一定要做那个尚在爹娘身边使着小性子不肯乖乖吃饭的女郎，不，有机会，她一定乖乖吃饭，再也不惹爹爹和娘亲生气，她一定不挑食。

皇帝哥哥说，只要她好好读书，就可以再次见爹娘。

她日日早起看书，读《论语》，看《孟子》，将其背得滚瓜烂熟，还跟着宫中姑姑学着皇后之德。

她越来越沉稳，隐隐有了皇后的样子，就连皇帝哥哥都对她刮目相看："还真是聪慧。"

她背了好多好多书，甚至还学会了作诗，将母亲父亲的名字写了首藏头诗，放在枕头底下，可还没来得及给父母看呢，就得到"上官氏一族被诛杀"的消息。

听说祖父伙同长公主诬陷外祖父意图造反，恰好被皇帝哥哥识破，这是株连九族的大罪。

而她，作为没有参与谋划的事外人，仍然坐稳皇后宝座。

那是她的外祖父啊，也是她的父系一族被诛杀的罪魁祸首。那是她的丈夫啊，却是下令诛杀的刽子手。他们都是杀父杀母仇人，又是她仅剩的亲人。

她哭得天昏地暗，重病了一场。皇帝哥哥前来探望她都发了好几次脾气："治不好皇后，你们提脑袋来见朕！"又是提脑袋，皇上掌握生杀大权，就是这样草菅人命吗？

她冷冷地看着她的皇帝哥哥，僵硬地说了句："请皇上去处理朝政，本宫要歇息，不想听见闲言碎语。"她忘记了姑姑教导的皇后之德，顶撞了皇上，旁边的丫鬟都大气不敢出，跪了一地，但她就是要恶语相向。

那些温和的笑，都是笑里藏刀，刀刀让她痛不欲生。她是没有爹娘的孩子了，皇后之尊何等荣耀，可幽幽深宫埋葬的是她欢乐的童年和永远失去的父母亲人。

皇帝哥哥时常来探望她，每次都要看到她乖乖喝药才肯离开，她却不想多看他一眼，他咳嗽，她视而不见，他身体虚弱，她也只是淡淡地说："皇上还是离臣妾远些，免得传染了臣妾，让臣妾重病不起。"

皇帝哥哥没有怪罪她，只是叮嘱姑姑好好照拂她，转身就离开了她的椒房殿。姑姑摇头叹气地看着她，跟她说，皇上其实也是无可奈何，也不容易。

姑姑说，皇上的母亲早早就被先皇杀害，他没有感受过真正的父爱母爱，皇宫那样大，却孤独得感受不到家的温暖，帝王家最是无情，他身体羸弱，纵使早慧也有心无力，朝政大事全听霍光大人的主意，他没有父亲母亲，处处是陷阱。

他们同病相怜，也许可以相依为命吧。

她收起了小性子，开始待皇帝哥哥好，即使还是有些别扭。

在皇帝哥哥生辰那天，她送给他一碗长寿面，是姑姑教她做的，她没有尝过，也不知道好不好吃，反正端给皇帝哥哥吃就好了，大不了味道不好，全部倒掉。

皇帝哥哥吃了面很满足，摸了摸她的脸："果然是长大了啊。"

"谢谢你。"皇帝哥哥温温柔柔地说，眼中满是深情。

她生辰那天，皇帝哥哥差人送了幅画给她，她打开画卷，瞬间泪眼蒙眬。画卷里尚为孩童的她和爹爹、娘亲在一起，旁边还有一首小诗，她细看才发现是藏头诗，皇帝哥哥和她的名字全部写在里面。

比她上次写得好。

深宫寂寥，有了皇帝哥哥的陪伴似乎欢快许多，日子也不再难熬，她日日同皇帝哥哥在一起，看他穿衣起身，也看他读书写字。

朱颜辞镜花辞树，他身体越发羸弱，太医们欲言又止，他拉着她的手说："小妹，对不起，我终究只能陪你到这里，往后你要独自向前走了，带着我的那份好好活下去，看这江山如画的大汉。"

他放开了她的手，没有留下任何遗诏。

他心里有过她吗？她没有答案。

椒房殿的花落了，一朵一朵，触目惊心，红得像血。十五岁的她，在外祖父的授意下下了一道懿旨，封昌邑王刘贺为皇帝，她被尊为太后，居于长乐宫。

十五岁的太后啊，普通勋贵之家的女子大抵也才刚刚出嫁吧，她却已经成了别人名义上的母亲。

刘贺荒淫无度，朝中大臣怨气冲天，仅二十七天，刘贺被废，她在外祖父的授意下另迎新皇，废太子刘据之孙——刘病已，这个比她还大上几岁的少年郎，成了大汉新皇。她又被尊为太皇太后。

她养花赏月，日子过得清闲，皇后许平君常常和她做伴，说些民间趣事给她听，日子倒也舒坦。可看着年轻的皇后身上鲜艳的衣裳，她没来由地嫉妒，她们本同样是二八年华，她早已心如死水，而许平君，夫妻情深，正是一片大好前途。

后来啊，这位貌美的皇后在第二次生产时无故身亡，上官小妹名义上称为姨母的女人入主中宫，带着一批丫鬟来向她请安。新皇后穿着华贵的衣裳，气派雍容，听说皇上待皇后不错，她却从未见过皇上像待许平君那样，从不客气疏远地称"皇后"，而是柔柔地唤一声"平君"。

外祖父死了，风光大葬，她忽然觉得也许她真的要变成孤家寡人了。

果不其然，皇后被废，霍氏一家满门抄斩。皇帝哥哥，日子这样长，她熬了好久好久，什么时候才能去风光大好的地方找他？

也许不远了吧？

她这一生看似风光，在政权斗争中皇后之位稳如泰山，无子无女在长乐宫中看宫花开了又谢，年年复年年。

这寂寥江山，她替他看遍。

霍成君，西汉权臣霍光之女，汉宣帝刘询的第二任皇后，后宣帝以谋害太子之名将其废黜，数年后自杀。

◆ ◆ ◆

"皇后荧惑失道，怀不德，挟毒与母博陆宣成侯夫人显谋欲危太子，无人母之恩，不宜奉宗庙衣服，不可以承天命。"宣旨的太监掷地有声地念着圣旨，她跪在冰冷的地上心凉如水。

这皇后之位，她终究是坐到头了。

如果一开始她不是大司马霍光之女，结局会不会大不相同？

她和他之间隔着千山万水，这些年的柔情温和不过是权势之下的伪装，如今父亲已死，母亲谋害他结发之妻的事情败露，她的好日子也到头了。大概他一开始就是知道的，藏了那么多年，好生辛苦，和她一样，藏得严严实实。

她妄想取代许平君在他心中独一无二的地位，废后旨意却明晃晃地打了她的脸。

南园遗爱、故剑情深，她一踏入宫门便是错的，和一个死去的女人相争，她永远是一败涂地的那个。

不知下一个入主中宫的女子为他宽衣解带时，他是否会想起她曾经大胆地坐在他怀里说："陛下日后常来椒房殿吧，臣妾一定好好服侍陛下。"

他那时说什么呢？眼睛里似乎有过稍纵即逝的情绪，她还没看清楚，他便抚着她的头发说："皇后甚得朕心。"

她是霍成君，大司马、大将军霍光的小女，出身显赫，刚刚出生便被捧在手掌心里养着，哥哥姐姐们人人疼爱她，她自小没有受过半分委屈。娘亲霍显对她向来寄予厚望，有求必应。

她初次听闻他的名字是从娘亲那里。那日娘亲在府里发了好大一通脾气，大骂："立个低贱女子为妻也瞧不上我家君儿，简直是可笑！"旁边的姨娘们纷纷劝母亲小声点说话，小心隔墙有耳，招来杀身之祸。

富贵不忘糟糠之妻，这陛下一片深情，书上说的"琴瑟在御，莫不静好"，大抵也是如此吧？想来许平君是个温柔如水的女子，不然怎能让初登大宝、尚无实权的皇帝冒着得罪父亲等权势大臣的风险执意立后。

她用膳后便被母亲唤去，母亲执起她的手说："君儿，母亲一定让你成为最尊贵的女人，拥有至高无上的权力！"

她摇摇头，无意地说："母亲，我只想嫁一个深情之人，白头偕老。"就像陛下那样，结发夫妻，富贵莫相忘。

大将军府的吃穿用度皆是上乘，她春夏秋冬的衣裳也都是上好的料子上好的花色，丫鬟们常常说："小姐的衣裳比宫中的皇后娘娘还要漂亮呢！"

她眼中含笑，听说皇后在宫中尚节俭，裁减了大批宫人，吃穿用度越朴素越好，朝中大臣常常夸赞皇后娘娘朴素大方，实乃天下之福。

西风又起，日日年华，她精通琴棋书画，闲暇时刻也去姐姐们的府邸串串门，好生自在。

太皇太后大寿时，她同母亲去宫中为太皇太后贺寿。太皇太后年纪轻轻，比她还小上一岁，是她的小侄女，听说幽居长乐宫，看宫门前的海棠开开落落，好生寂寞。

太皇太后看了她几眼："姨母生得越发出众，面若海棠。"

"多谢太后娘娘夸奖。"她抬起头来时，瞅见了刚刚进殿的皇后娘娘，皇后姿色平平，小腹隆起，又怀上龙种了呢。

她恭敬地拜见了皇后娘娘，太皇太后赐膳，一片歌舞升平，天空圆月明亮，好一个良辰美景佳节时。

宴会结束时，母亲说要同太皇太后说说话，让她去花园处赏赏花等着。

这夜里赏什么花啊？她朝花园前面的亭子走去，准备歇息一会儿。忽然她瞥见两个身影，灯光昏暗不明，穿着龙袍的男子眉目如画，拥着皇后柔声说："君儿，不知这一胎是男是女，朕想要个公主，像你一样，温婉大方。不，我要把她宠得无法无天，模样像你，性子和我小时候一样调皮，反正太子有了，这次我要公主。"

皇后的声音低低的，想来有些小女儿家的害羞："爽儿还小呢，太子关系国家大事，哪儿能这样小就决断。不过我也想要个小公主，我要帮她做漂亮衣裳，打扮得漂漂亮亮的。"

皇帝俯下身去，摸了摸皇后隆起的肚子，佯装生气："这哪里能行，将来要娶公主的人岂不是排到城外？"

月亮也悄悄藏在了云后面，害羞得躲躲藏藏，只余一天空的闪闪星辰。

原来爱情这样甜，陛下那样情深意长，为什么她的心底有些异样，不忍打破这样温馨的局面，却又想要阻断这样的情意绵绵？

这就是书上说的"嫉妒"吗？

从此她的心里多了一个名字，是帝工的名讳。她日日在房里写字画画，写的是陛下的名字，画的也是陛下的容貌。

皇后生产去世，举国悲痛，她意外得知这一切都是母亲的手笔，吓了一大跳。毒杀皇后，这是要株连九族的大罪啊。母亲却拉着她颤抖的手安抚着："成君，那皇后宝座不日便是你的，难道你不想做皇后吗？"

皇后。

凤冠的诱惑她当然经受不住，最让她心动的是可以靠在他身边，两人携手看这江山美景。她拒绝不了那位子的诱惑。

但是他对皇后那样深情，她能取而代之吗？

她身为霍光之女，皇后之路异常顺利。婕妤之位不过数月，她就成了母仪天下的皇后，后宫佳人纷纷拜倒在她身前，小心翼翼，如履薄冰。

掌事姑姑告诉她，身为皇后有训诫嫔妃的职责，皇后是正妻，尊贵无双，妃嫔不过是区区妾室，她有权力教导甚至惩罚。

椒房殿里陈设太少，夜里用的蜡烛也不够明亮，她好生不习惯，便制定了新的后宫制度，将吃穿用度提上了许多，宫殿装点得焕然一新，连净手用的香胰子也是江南运过来的。

她和许平君崇尚节俭的做法大相径庭。

也许是刻意想和许平君相反，她不想做另一个女人的影子，她要的就是不一样。刘病已什么都没说，只是最开始看见椒房殿换了一副样子时愣了片刻，然后温和地同她说："后宫由皇后掌管，朕很放心。"

他经常来她的椒房殿，同她下棋，她执白子，他执黑子，两人棋艺不分伯仲。而他宠幸她的时日比宫中妃嫔加起来还要多。

父母每每问起她近况如何，她都笑意盈盈地说，皇上待她真的很不错，在这宫中，她没有半分不习惯。

唯一一件遗憾事便是她迟迟未能有孕，不过这宫中也没有立太子。丫鬟常对她说，皇上定然是想等着她诞下龙子便封为太子，论家世尊贵这天下没人能和她相比。

她总记得许多年前，偷偷看到的柔情一幕，他对着许平君说，太子之位是留给他们的孩子的。那种温柔神情，她仿佛不曾见过，他会对她笑，会执起她的手说："当真是纤纤玉手。"他会喝下她亲手做的羹汤说："皇后厨艺不错，朕口福不浅！"但他从未俯身低头，对她低吟轻语。

母亲总觉得她是胡思乱想，皇帝赐她华丽衣裳，给她无双恩宠，这是帝王之爱。母亲说，陛下当日给许平君的柔情不过是年轻气盛，气血方刚，如今年头见长定然变得稳重，越来越像个不怒而威的皇上。

她还是没能怀上一儿半女，陛下总是安慰她不要着急。她想也是如此，不过她私下里经常遣母亲弄些偏方，只为了怀上自己的骨肉。

这宫中出生的皇子，似乎都未得他格外恩宠，就连许平君生下的奭儿，他也对她抱怨，性子太过软弱。

他应该是在等她有喜，便大封天下吧？那么她也该更加努力。良药苦口，她喝了一碗又一碗，可是还未等到皇子钻进肚皮，她的父亲就撒手归西了。

他为父亲风光大葬，却再也没来椒房殿看过她，一句差人问候也未曾有过。

难道是对她的无子失望了？

母亲差人送上消息，让她除掉许平君之子，说那小孩有帝王之相。

她在奭儿来请安时细细打量了他许久，那孩子看见她就战战兢兢的，她实在没看出来什么帝王之相。

她赏赐了奭儿几道点心，奭儿迟迟未动，旁边的乳母不守规矩地尝了一口，奭儿才浅浅咬了一口。

如此藐视皇后，实在罪不可恕，她着人杖毙了那位乳母，这才舒坦了几分。

睡前，她朝殿门口望了望，没有陛下的身影，也罢，她熄了灯独自睡去。

半夜三更，她忽然惊醒，大声喊叫，丫鬟们匆匆上前："娘娘您怎么了？"

她额头鼻尖都是汗水，抚了抚心口："没事，做了个噩梦。"梦里她上吊自杀，霍氏被满门抄斩。

椒房殿空空荡荡，她亲手做了羹汤，穿好了华贵的衣裳去见他，陛下身前的公公却拦下她道："娘娘，陛下有旨，任何人不得打扰。"

她在殿门口等着，羹汤凉了，她没有等来他，等来的是噩耗和废后的旨意。

母亲毒杀许平君的事败露，霍氏被满门抄斩，她意图加害皇子，不配为人母，不堪后位。

也许她从来不曾走近过他，一切不过是逢场作戏，他是个中高手，而她惨淡收场，那一场场棋局也许从一开始便是他让着她。

刘奭被册封为太子。

他终究实现了那晚对发妻的诺言。他成了真正的天下之主，下诏赏赐不用再顾忌任何人的权势。

"琴瑟在御，莫不静好。"终究是黄粱一梦。

来世不再做霍家女，她要第一个遇上他。

邓绥：
自知明艳更沉吟

邓绥，汉和帝第二任皇后，曾临朝听政数年，于江山社稷有功，呕心沥血治国安邦，使东汉王朝逐步发展，但因其废长立幼、把持朝政，为人诟病。

◆ ◆ ◆

江山安稳，百姓人人称颂："太后娘娘英明，太后娘娘千岁千岁千千岁。"

执政期间，她日夜操劳、事必躬亲、明辨冤狱、尚节俭，为国家节省开支，还裁撤屯杂宫人，于外她派兵镇压了西羌之乱，于内帮助天下度过了十年旱灾。

她恩威并重，宫人无不叹服。

"太后娘娘，您歇息片刻吧，这奏折明儿再看，身子要紧啊。"宫人捧着新鲜的水果放在台上。

"哀家不累，这奏折今日不看完，明日早朝无法交代。"她在奏章上用朱笔批阅了几个字，揉了揉太阳穴。

"太后治理天下，百姓人人称颂，说是这日子啊，越过越好。"宫人笑着将听来的赞赏之言说给她听。

她叹了口气，眼神复杂道："也有说我废长立幼，把持朝政，实乃荒谬的言辞吧。"

这江山始终是汉刘江山，旁人治理得再好，百姓称颂，举国安康也堵不住这悠悠之口，说她窃取江山，不肯还政于皇帝。

宫人唯唯诺诺地不敢接话，只是结结巴巴地说："太后娘娘，多……多虑了。"宫人手颤抖得连团扇都险些拿不稳。

她叹了口气，继续拿着朱笔，换了本奏折批阅。

肩膀有些酸痛，今日歇息时得好好按摩一番。

不知皇上今日是否顽皮，有没有好好学些为君之道，前些日子帝师常来禀报，皇帝总是三心二意，不肯好好学文章。

废长立幼，匡扶幼主，她本以为有着这天下学问最好的师父，从小学起，定能培养出贤德的君王，谁料皇帝资质平平，令人担忧。

她已经不再年轻了，这汉刘江山她终究要归还，皇帝还是如此德行，她不放心啊，只能事事亲为，愿不负先皇所托。

想她年幼时，就已经通读史书，儒家经典背得滚瓜烂熟，哥哥们常败在她手里。六岁时，祖母替她剪头发，不小心将她的额头弄伤，她硬是忍着疼，不吭一声，还是丫鬟发现她流血了，祖母心疼地搂着她，她却摇摇头，觉得不疼。

她机智明理、明辨是非，对于诸事都有一番自己的见解，父亲每次有朝政大事总喜欢问问她的意见，每次她都回答得正合父亲心意。

父亲常摸着她的头发惋惜道："可惜绥儿不是男儿身啊。"母亲怕她总学些诗书却不熟识女红，将来嫁了人家会让婆母不喜，便教她学习刺绣做衣裳。短短数日，她便绣得有模有样，母亲说她天赋异禀。

十二岁那年，秀女大选，身为开国功臣的孙女，她被寄予厚望。未曾料到，进宫前一天，向来疼爱她的父亲忽然去世，这对她来说简直是晴天霹雳。

父亲对她宠爱至极，从外归来常常带些她喜欢的糕点食物。十岁那年，她去表姐家玩耍，对于表姐那件青绿色的衣裳很是喜欢，表姐见她喜欢说要送给她，她坚定地拒绝，心里却还是羡慕至极，父亲知晓此事后，特地从江南托人买回布料，做了身更漂亮的衣裳给她。

秀女大选，家父逝世，孰轻孰重，她根本无须考虑。

她披麻戴孝三年，瘦了好多，每次回想起父亲对她的疼爱，就伤心不已。

三年后，母亲看着形容枯槁、蓬头垢面的她大哭一场，哥哥们都说："我们尚且不及妹妹啊！"

母亲请了最好的大夫、厨子一起调养她的身体，她的一日三餐、沐浴洗面全部由母亲监管。一个月后，她恢复了从前的容貌，身姿轻盈如燕，窈窕如柳，唇不点而红，脸不施脂粉而美若天仙。

三年前错过的秀女大选，她恰巧赶上了。

不鸣则已，一鸣惊人，她一入宫，美貌便传开了。

皇帝第一次见到她便惊为天人，惊讶道："邓家之女不仅有贤德名声，容貌也是无人可及，果然是相由心生！"

皇后性子活泼、美丽率真，打量她好久，赏赐了她好些金银珠宝。

她第一次抬头看他，心下有些惊讶，原本觉得皇上威严四方，应该有股不怒自威的气质，他却是温和的。

这是她即将服侍的君王，比她想象中好看几分，怪不得一进宫就听秀女们偷偷议论皇帝素有美男子之称。

她居住的宫殿栽满了桂花，株株挺拔，待到金秋十月，该是十里飘香。

殿前是一片湖，夜晚暗香浮动，影影绰绰，灯光、人影在水面飘摇，月也悠悠晃晃，微风轻拂，让人身心舒畅。

皇上常常来看她，她会亲自替他摆膳，为他更衣脱靴，从不恃宠而骄。

皇后不喜欢她，她知道，皇后第一次召见她时眼底的厌恶毫不掩饰，她瞧得一清二楚。于是她每每侍奉皇后都小心翼翼，不敢犯一点错。偶尔她的宫人不小心被抓住把柄，她也一力承当，任由皇后罚跪。

皇后生得小巧玲珑，也是个美人，却因为皇上一句"绥儿无人可及"便对她心生怨恨，她只得在皇后面前卑微低调，以求皇后消消气。她觉得皇后性子骄纵，但好在不用阴谋诡计，也不算是坏人。

皇帝十分怜爱她，在月圆之夜带她到城楼上看深夜风景，并且告诉她，哪颗星星对应的地方在江南水乡，哪里是她的家。

他环着她，感受着她浅浅的呼吸声，在她耳边低喃："遇见你，这样迟，要是早点遇上你，你一定是我唯一的妻子。"不用屈于人下每日战战兢兢，唯恐皇后不喜。

"能够侍奉陛下，是妾身的荣幸。"深宫这样大，美人三千，他常常驾临她的宫殿，陪她读书写字，赏花刺绣，她日日得见君王，很多人却一生都见不到帝王一面。

她对他说："陛下心里有妾身妾身就已经满足了，然陛下是天下君王，繁衍子嗣、开枝散叶也是天下大事，陛下应该雨露均沾。"

她知道这是皇后的责任，她逾矩了。

皇帝放开她，冷冷地说了声："大胆！"语气硬邦邦的，不带一丝情绪。

宫殿外头总是能晒到阳光，她喜欢让宫人们将椅子搬到外头，沐浴在阳光下绣花。青草的香气带着泥土的芬芳，舒服得让人眯眼，可这温和的日光还是晒不暖宫中冰冷的砖瓦。

他开始去其他妃嫔那里，不出两个月，便有妃嫔传出喜讯，那些妃嫔纷纷带着礼物来拜见她，都说邓贵人贤惠大方，同她交好。她心里酸酸涩涩，却只能笑脸相待。

身为君王的女人，事事当以君王为主，而不是禁锢着君王，让其只宠幸自己，这是妃嫔之德，但她为什么这样难受，比父亲去世还要难过几分？

寒露霜降，日子见凉，他总是咳嗽，往年她每日都会做好冰糖雪梨监督他喝下，再替他擦擦嘴角。

皇上好些天没来看她了，起先她以为皇上还在生她的气，没想到皇上是生病了，太医说皇帝病得不轻。

她换上衣裳就去看他，帷帐被风吹得乱舞，他躺在龙床上，嘴唇发白，昏迷不醒，她叫了好几声他都没有任何反应。人命便是这样脆弱不堪吗？连这天底下最为尊贵的君王也无可奈何。他静静地躺在那里，没有轻柔耳语"绥儿"。

她听说皇后扬言，得志之日便是她身死之时。原来她的低微侍奉、小心翼翼、低调行事不过是一场笑话，这后宫中妄想不争不抢不斗、安生度日不过是白日做梦。

如果他一直昏睡不醒，她也许将要被满门抄斩吧？那不如她先自行了断，随他而去，全家还能免这一场无妄之灾。

她吩咐贴身宫女准备毒酒，想要自行了断，宫女们却拦着她，抢夺了她手中的酒杯，任她破口大骂都不肯将毒酒给她。这时有宫女前来禀报，皇上病情好转，她放下酒杯，兴奋地朝他的宫殿跑去。

她在皇上身旁侍奉汤药，每天搀扶着他去花园走走，替他梳发，为他按摩，他的身子日渐好转后，她便将奏章读给他听，按着他的旨意批阅奏章。

红烛深深，她陪在他身旁，一室温暖，她望着他，他也深情凝视着她。

只有两个人的地方，是这样美好，无人打扰，若他只是寻常男子，她也不是邓家女，就像寻常夫妻一样恩爱不疑，该是多好。

阴皇后参与巫蛊之事败露后，她跪在他殿外请求他从轻发落，毕竟阴皇后本性不坏，也是受人蛊惑一时昏了头。同是宫中女人，她希望皇后下场不要太惨。

她成了新皇后，后宫人人称颂，竟无一人不满。可个中滋味，只有她自己知道。那一声声的贤德，不过是劝诫君王雨露均沾，切勿独宠一人的颂词。

她看似贤惠大方，却隐忍苦闷。她何尝不是当年的阴皇后，身居高位，看着一批批女子如流水般从宫中去了又来。

皇后乃后宫之主，却也须母仪天下，他不是她一个人的夫君，她也没办法做个骄纵的女子霸占君王的宠爱，皇后之妒轻则群臣纳谏，重则废后。她很无奈，只能将贤德之名做到极致。

他病情反反复复，最后还是在深秋离开了她，放心地把身后事交给了她。

她临朝听政，恩威并施，将这天下打理得井井有条；她削减后宫宫女数量，裁剪开支将一切用于济灾救民；她宽以待人，勤政爱民，朝廷上下，都说太后娘娘贤德，乃天下之福。

她将贤德之名从生做到死。白发苍苍时，她看着宫里青丝美女如云，不知还有哪个美人会像她邓绥一样，痴傻无趣，生生为了贤名将丈夫拱手相让，可怜了他曾经那样宠爱她。

月满时节，她在人间守着他放不下的天下。

月缺时候，她则在殿门口浅酌一杯怀念他。

黄月英：

犹是春闺梦里人

黄月英，生于东汉末年，嫁与诸葛亮为妻。传闻其丑若无盐，然蕙质兰心，贤惠大方。诸葛亮在外征战，她于家中操持大小事务从不生怨。

◆ ◆ ◆

她不喜施脂粉，母亲总说她沉迷些稀奇古怪的玩意，没有半点女人的样子，常常对着她叹气，为她的亲事发愁。寻常女子二八年华来提亲的人家不说踏破门槛但也是五指可数，她们家却无人上门提亲。

爹爹黄承彦却是一点也不着急，说她就是一块璞玉，尚未被有眼光的人发现而已。

她名月英，父亲替她起的名，大概是希望她如天上月光皎皎，一身才气。小名阿丑是她娘亲起的，听爹爹说乡里人小名都是些"阿狗""虓儿"的贱名，贱名好生养，她娘亲觉得起个小名叫作阿丑，也许能出落得亭亭玉立。不过，她还是没有生成蛾首蛾眉的美女，只算得上清丽。

她爹爹是名士，自小就教她通读诗书，娘亲教她女红。如她一般年华的女子，都喜好梳妆打扮，一同赏花游玩，她却是闷在闺房里，钻研些稀奇玩意。久而久之，她的不合群为人诟病，添油加醋地说她是因为丑若无盐、貌如钟无艳才不敢出门。

钟无艳吗？那可是个贤德有智慧的女人。她正忙着画图，思忖玩具的构造呢，前些日子，她小弟说那木马只能前后摇晃，着实无趣，想要弄个新鲜的玩意，做好能够像真的马那般，坐上去英姿飒爽，可以跑得飞快。

晚饭时，一家人坐在一起等爹爹回来。娘亲抱着弟弟，弟弟眨着眼睛，望向她："姐姐，会跑的木马做好了吗，安儿可想玩了。"闪烁的大眼睛里充满着对长姐的信任。

她点点头："快好了。"桌上的八宝鸭很是馋人，色香味俱全，娘亲真是好手艺。

爹爹大步回来，向来绷着的脸今日却是笑呵呵的，还同她说："阿丑啊，马上就有人向你提亲了，我就说了你会有好姻缘吧。"

哦，嫁人啊，也不知是哪户人家。她这么喜好发明创造，婆母和公公会不会觉得她不学无术，夫君会不会嫌她无趣呢？

她还未开口，她娘亲就急急追问是哪个男子，怎么忽然就来了姻缘。

爹爹兴奋地道来，说那男子名叫诸葛亮，字孔明，他才貌双全、出类拔萃、出口成章，在这乱世中定然能成就一番大业，唯一的缺点就是年纪大了点，二十又五还没成家。不过爹爹话锋一转道："这也算是好事情，否则怎么能轮到我们家？"

亮、孔明，名字也光辉无比。她不禁有些好奇他是个怎样性格的男子，不晓得会不会迂腐冷酷、呆板无趣。爹爹向来对那些书呆子夸赞连连。

诸葛亮上门提亲那日，她坐在闺房里，没有研究新鲜玩意，倒是写了个字谜，让贴身丫鬟去给她那未来的夫君，算是考考他。

一明一暗，一短一长，一昼一夜，一冷一热。洞房花烛夜，她希望她聪慧有才的丈夫挑起盖头，亲口告诉她谜底。

她不知道，诸葛亮对她的喜欢早已生根，只待发芽长成参天大树。当日她的爹爹同他说，家有小女，姿色平平，唤作阿丑，才干却是上乘，他便已经对她心生情愫，这才毫不犹豫答应上门提亲。

第二回，便是提亲当日，他在院门口瞅见她的弟弟安儿坐在她新发明的跑步木马上，小小的孩童在院子里玩耍，不小心撞上了他。他发现这木马不同寻常，人家的木马下面是弧形，而这是装上了四个圆滚滚的滑轮，可以滑动，比起前后摇晃的木马，这跑步木马着实有趣得多。

黄承彦见小儿子撞上了他，正准备训斥这个调皮捣蛋的家伙，诸葛亮却俯下身，低低问起小男孩："这木马是谁做的？很有趣。"

小家伙仰起下巴，骄傲满满地炫耀："是我姐姐，不只这个有趣，姐姐还给我做了可以连续发射的弓箭，可好玩了。"

这等有趣的女子，就连素来沉稳的诸葛亮都有些迫不及待想见上一见了。字条他拿到手后，回到家中看了片刻，心里便有了答案。邻里都同他说，怎么准备娶个丑婆娘？实在是不相配啊。

他摇摇头，一本正经地说："亮年纪已大，怕是配不上她。"

她第一次化起了妆，黛色的眉头弯弯似柳叶，肌肤白皙，口若含朱丹，穿上了娘亲亲手缝制的喜服盖上了红盖头，一步一步踏出家门，坐上轿子。

她的夫君，今晚应该会给她谜底吧。她握紧了双手，有些紧张。

屋外热闹非凡，屋里他脚踩红靴步步靠近，她手心都出了汗。盖头被掀起，她抬头看他，好生俊朗，犹如松柏，脸色微微带红，想来是同她一样紧张。旁边的嬷嬷拿起几颗莲子，让她咬上一口："生不生?"

口中涩味难咽，她吐了出来："生，太生了。"旁边穿着喜庆衣裳的嬷嬷们笑得花枝乱颤，连他脸上也染上了一丝笑意，后知后觉的她也明白了其中意思，头更低了。

洞房花烛夜，红烛浓浓燃，他问她说："娘子，谜底是我的字，不知娘子可满意?"

两人夫唱妇随，她看到了红艳艳的一片美好。

她总研究些稀奇古怪的玩意，问他："我做这些东西，你不觉得奇怪吗?"娘亲常常说不知道她在想什么，净做这些玩意辜负大好时光。

伏案的诸葛亮抬起头："娘子聪慧，这些东西看似稀奇，其实稍加改造大有用处。"比如连续射击的弓箭他发觉稍加改造就可以用于战争，省时省力，效果威猛，就是制作上需要花费大量工夫。

春去秋来，院落里枯黄的树叶都落了下来，光秃秃的树干在西风吹拂下摇摇晃晃。她新做了木牛、木马放在院子里试验效果。他默默地注视着她，同她说："也许不久，我们将分别一段时日。"

"噢。"她点点头表示理解。男儿志在四方，何况她的相公雄才伟略、举世无双，绝不可能掩于区区小地方。

三顾茅庐，刘备来了三回，诸葛亮同意追随，两人相见恨晚，话到天明。

她替诸葛亮收拾了衣衫，叮嘱他天气变化，注意增减衣裳，临行前还做了一把羽扇送给他。

诸葛亮拿着扇子左右端详了好一会儿都没发现所以然，不禁问道："娘子，这扇子有何玄机？"

她忍不住笑了，她时不时弄出新花样，现下他养成了习惯，每每她做出新东西总觉得里面大有奥妙。

"没有玄机，就是我做给你的，就像别的妻子在夫君出门时会做靴子给夫君，我不擅长做靴子所以就做了把扇子给你。"

她心里有些苦恼，两人这一别，山高水远，相见不知何时。

"嗯，娘子贤惠。"他将她抱在怀里，摸了摸她的头发。

"亮，你好好保重，扇子你也好好保管。"

他出门在外，官拜丞相，谈笑间，分析天下大事，营帐内，指挥千军万马，一把羽扇，从不离手，春夏秋冬带在身边，下柄都磨得旧了。同行的好友常常和他说："丞相不妨换一把新扇。"他从未动过这等心思，就像她在家里钻研新的玩意却从不曾忘记想念他。

出远门的人因为寂寞总会纳两个女子在身旁，感受温柔乡，而诸葛亮忧国忧民，殚精竭虑，心里装着军国大事，除了她，从未有过别人。

年复一年，他孤身一人，清心寡欲，南征北战，只求为上分忧，拯救黎民百姓。他以她的创意为基础加以改造，制作出许多利兵利民的器械，常有人夸赞："孔明乃全才。"

他谦虚一笑："都是夫人的功劳，亮不敢居功。"

浪涛拍岸，潮起潮落，她开始跟随他一起打天下，他出谋划策，她便为他斟茶按摩。

她一直未能有孕，况且已是蒲柳之姿，实在愧对他，为了繁衍子嗣，便允许他纳妾。他却断然拒绝，说准备从哥哥那里过继一个孩子，他常年繁忙，没有子嗣不能怪她。

便是爹爹也有两房姨娘，她久久未能生育，诸葛亮却没有丝毫怨言不满，若是旁人，怕是早以"无子"为由，果断休妻。她没有成为下堂妇，还这样陪在他身边，爹爹果然没有选错人，她嫁了个举世无双的好夫君。

战火连绵不休，他日夜操劳军国大事，是蜀国人人称颂的"千古一相"，她却看见他早生华发，她的眼角也爬上了皱纹，插着满头珠花也不及不施粉黛的少女。

他们相视而笑，仅仅坐着不说话也分外美好，一如当年他挑起她的盖头时的模样。

那句"生，太生了"终究是她难以愈合的伤疤。

春深日暖，褐色的土地上都生出了嫩嫩的幼芽，小小的个头偷偷地钻出来，叫人无端生出希望。一年之计在于春，蜀地的村民开始在田间劳作，放眼望去，一片青绿色天然美景，无须装饰。

她穿着青色衣裳，抚着肚子，告诉他："亮，我怀孕了。"

"日后我教他读书写字，你教他智谋用兵。"女子叽叽喳喳地说着话，欢呼雀跃的模样隔着厚厚的墙都能清晰感受到。

"好。"他声音低沉，摸了摸胡须。

小乔：清曲幽恬月暗

小乔，东汉末年美女，与其姐并称为"二乔"，后小乔嫁与汉末名将周瑜为妾。

◆ ◆ ◆

曲有误，周郎顾。

她自小精通音律，琴技高超，堪称皖城一绝。姐姐大乔则善舞，起舞弄影间目光流转，叹服了无数才子佳人。

孙策、周郎上门来提亲那天，落英缤纷，日光浅浅，这二位男子素来有名，况且二位情同兄弟，她与姐姐嫁过去，互相也能有个照应。

远远地，待那二位离开府邸，她瞥了一眼，青衫羽扇，英俊无双，这是她未来的夫君，如此光彩照人。

那人似乎感受到了她的目光，微微回首，与她目光对上，彬彬有礼地颔首，她尴尬地跑开了，在回廊上撞上了正准备去后花园捡花的姐姐。

"妹妹莫不是遇见未来妹夫羞红了脸？"大乔笑吟吟地同她说。

旁边的丫鬟似笑非笑，也都看着她。

"姐姐惯会取笑我，孙策实乃英雄，怕是难过姐姐这美人关。"

自古英雄难过美人关，她的姐姐性情通达，舞姿翩翩，定然俘获孙策的心。

周郎风华天下无双，便是居于皖城她也有所耳闻，他是江东第一美男子，文武双全，才高八斗，不费吹灰之力便俘获万千姑娘芳心。

听说有姑娘为了得周郎一回顾，特地寻来天下名琴，纤纤玉指轻拨琴弦，弹奏出西汉著名的《凤求凰》，周郎却淡淡一笑："果然是把好琴。"

这厢她在闺房思绪万千，小女儿心态十足，那头孙策却同周郎开起了玩笑："这乔公二女在这乱世中，嫁与你我二人，应该是心满意足。"

周郎但笑不语，素闻小乔琴艺超人，她小心翼翼伏在门边偷偷打量的姿态，更是衬得她娇柔可人，想来她也是满意他的吧。

凤凰于飞，翙翙其羽，红烛燃燃，红妆胭脂，摇摇帷帐，暗香袅袅，眼波流转。

婚后，他待她极好。早出晚归，处理公事，剩下的闲暇时光都待在家里，看书写字、弹琴画画，姐夫孙策都同她说："这周郎实在是大丈夫典范，处事精干、能力卓越，对夫人也是呵护备至啊。"

姐姐在一旁笑盈盈的，小小的手被孙策紧紧牵住。她们这一双姐妹花在这天下流离失所、黎明百姓苦不堪言之际，都嫁了好人家，夫妻执手，温情脉脉，日子这般绵长。

那日周郎外出商讨大事，她在院子里弹琴谱曲，空气清凉，心中喜悦连带着谱出的曲子也带着欢快的氛围，旁边的丫鬟都说，这曲子当真好听。

周郎就这样忽然出现在她背后，环顾着她："这里多加一个羽调。"她纤细白皙的手被他握住，拨弄着琴弦，琴声悦耳，他们共同谱出了一首新曲，微风轻拂，柔和舒畅，空气中氤氲着说不出的味道。

那首曲子后来在吴地流传，才子佳人的美好姻缘成了吴地争相传唱的佳话，男子追姑娘，也定然会弹上那一曲，受欢迎度堪比《凤求凰》。

她的周郎，天下无双，统领全军，行军打仗，盔甲刚硬，却百尺钢化为绕指柔，温和宽厚，英俊无双，闲暇时光会同她说起行军打仗时的趣事，逗得她笑得合不拢嘴还不肯罢休。

她自小养在深闺，是大门不出大门不迈的娇娇小姐，小时候每次在书中看到英雄踏马的场景总会欣喜，看着哥哥们学骑马也总缠着哥哥们问感受。

她觉得在大草原上骑马散步一定是这世上最美好不过的事情，听风声在耳边呼啸，闻扑鼻花香和青草的味道，天地之间仿佛只剩下纯净、安好，没有任何杂质。

那时候她就许下了年少的心愿，未来一定要同夫君骑马散步，去长满青草的地方，看着满天繁星，听着身边人说那最柔情的话语。

她的周郎啊，帮她实现了最大的梦想。生辰那一日，周郎便唤丫鬟拿了身便装给她，吃过早饭后，周郎带着她去了郊外，她不会骑马，他们便共乘一马，呼吸声浅浅，她心里好生紧张却又开怀万分。

周郎问她，想不想一个人试试骑马，她点了点头。

周郎待她坐好后牵着绳子，带她走了很远很远。原来外面的风光这样好，湛蓝的天空，变幻多端的云彩，甚至就连鸟儿的叫声都清脆许多。她喝着清甜的泉水，他拥着她："欢喜吗？"

"欢喜。"

夜里灯火通明，街市上人来人往，他牵着她，任她在一个个小摊前走走逛逛。她吃了一串冰糖葫芦，买了两个热乎乎的包子，还买了女人家最喜欢不过的胭脂水粉和步摇。他一路笑个不停，连带着神色也温柔儿分，素来被要求喜怒不形于色，彼时他的目光却温柔得无法阻挡。

小摊的商贩认出了他们，将步摇折了几个价钱给他们，还说，真是一双璧人啊，夫妻情深，连司马相如和卓文君都不及他们。

司马相如和卓文君当然比不上他们。司马相如和卓文君私奔的故事为万人传唱，但司马相如在长安逐渐迷恋灯红酒绿，日日有佳人相伴，时光渐长，便忘却了那个孤注一掷愿意违抗父命陪他当垆，陪他浪迹天涯的女子。一曲《白头吟》，唤醒了司马相如的良知，却是深情错付，终不再是初见时。

她与周郎，幸福得紧呢。

她与姐姐，都这般幸福，夫妻双双，笑容满面。

可好景不长。

孙策重伤，大夫说情况很不乐观，要家人准备后事。姐姐日日夜夜照顾，泪水打湿了衣裳，哭花了红妆，却还是挽留不了她的孙郎。形容憔悴的姐姐再不复当年无忧模样，日日思念她离开人世的孙郎，眼中忧愁难去，就连梳妆打扮的兴趣也不再有。

女为悦己者容，孙郎魂归黄土，姐姐已没心思对镜贴花黄，对她说，十年修得同船渡，行军打仗的事谁也没办法预料，要她好好珍惜夫妻相处的时光。

她总以为可以与周郎地久天长，直到生命终老，却忘记他身上肩负的重任。每一次上战场都是一场赌注，旁人只说周郎英勇神武是天下的英雄豪杰，哪里看得到周郎身上，新伤旧伤一道道。

她渐渐睡得不好，夜里总是惊醒，看着身侧酣睡的周郎，担忧重重。周郎心思细腻，看出了她的忧郁，同她说："我会好好保重，让自己平安归来。"他的声音认真而低沉，"但是，万一有不测，小乔，你要好好保重，我会托人照顾好你。"他话锋一转，声音有些苍茫。

"如果你弃我而去，我，我死后一定不会陪在你身边。"日子那样长，要是没有了他，这寥寥时光，不再是时光，只是日复一日的折磨。

"我会活着的。"他为她擦去泪水，将她搂在怀里，低声哄着。

"刀剑无眼，你要小心。"她抽泣着一遍又一遍地叮嘱。

灯影幢幢，一双璧人相互依偎，没有情意绵绵的表白，普通如同白开水一样的叮咛却比珍宝还要可贵。

他行军打仗，她一封封家书情真意长："周郎，定要平安归来。"

她也常常听到他的消息，或是丫鬟打探而来，或是他差遣人来告诉她。她的周郎年纪轻轻就担任要职，并不意味着无人反对。

这样年轻却身居要职，底下人应该有不服气的吧，有些人努力了一辈子都爬不上那样的位置，不晓得周郎每次都是如何处理，晓之以理动之以情还是反抗者一律军法处置？

日日想着周郎，日子似乎过得充实却单薄。

她又谱了新曲，弹奏出来，极尽缠绵思念之意，大乔说她声声都是思夫之情，句句都是缠绵之意。

不晓得这首曲子周郎喜欢否，待到周郎归来她定要将曲子弹给他听，最好还弹错几个地方，不是说"曲有误，周郎顾"嘛，她要周郎常常回顾。

雨下得滂沱，风刮得树叶哗哗作响，轰隆的雷声宛如一个发怒的恶魔在嘶吼呐喊。管家急急冒着大雨前来告诉她周郎噩耗，旧病复发，药石无灵。

听到消息时她脑子里轰的一下，有什么东西轰然倒塌，年纪轻轻尚且三十六岁的周郎啊，就这样离开了这个世间，留下她和仅三个月的孩子。

他还不知道她怀孕了呢。家书里她尚未提及，就是想待他成功归来时，亲自把这等喜事告诉他，到时他们一起弹琴吟唱，一起去郊外的草地上散步赏花，为这尚未出生的孩子起一个寓意深刻的名字。

他终究没有兑现诺言，陪她到老。

庭院里草木深深，石榴花开得正好，小小的孩童骑着木马摇摇晃晃，看见插着珠钗的妇人，大喊："娘亲娘亲，骑马可好玩了！"

　　郭女王，曹丕皇后，足智多谋，为曹丕所喜。曹丕不顾大臣上谏，执意立郭氏为后，并为居所赐名"永始台"，寓意始终如一。郭女王死后与曹丕合葬于首阳陵。

◆　◆　◆

　　江南有二乔，河北甄宓俏。

　　从她的夫君第一次带着那个名为甄宓的女子回府，郭女王便知道自己输了，甄宓的花容月貌是她怎么努力也比不上的。

　　她听闻夫君是攻打邺城时见到甄宓的，城破时甄宓披头散发，夫君便让手下为她洗漱打扮。

　　洗漱过后的甄宓唇红齿白，远山眉如黛，身姿绰约，众人皆惊叹于甄氏的美貌。

　　甄宓不仅有沉鱼落雁之姿，且贤惠淑德，便是魏王后对她也大为赞赏，直呼："此乃孝妇也！"

谦逊有礼的甄宓每次见到郭女王都会客客气气地同她说说家常，无一丝恃宠而骄之意，当真是绝代佳人，令郭女王叹服不已。

曹丕待郭女王素来宽厚，又觉她聪慧，有政事便会和她说起，听听她的意见。

纵然甄宓盛宠不断，曹丕仍然会来郭女王房里坐坐。她态度如从前一样，没有抱怨嫉妒，细细地将自己对于政事的想法一一道来，眉目舒展，朱唇轻启，话中无一丝漏洞。

曹丕赞赏地点点头，牵过她的手说："果然不愧是女中王啊。"

她自小聪慧过人，识诗书明事理，父亲南郡太守引以为奇，说她是"家中女中王"，所以起名为郭女王，哥哥曾笑话她名字太过霸气，将来恐无人敢娶。

后来战争中，她家破人亡，失去双亲，流离失所，直到二十九岁才被曹丕看中，纳为妾室。

"夫君才是才干过人。"她低眉顺目地笑道。

她的夫君八岁能写文章，骑马射箭样样在行，博古通今，诗文也被时人争相传唱。

不过，唯有一点，夫君猜忌多疑，对于小叔子曹植有些恼怒不喜。世间长辈向来疼爱幼子，容易惹得长子闷闷不乐，她明白这种心情。当年，她的哥哥见父母疼爱她，还背地里偷偷抹眼泪呢。

甄宓美丽大方，虽然比郭女王大上几岁却依然俏丽不减，她常夸赞甄宓："甄姐姐便是那一顾倾人城，再顾倾人国的北方佳人。"

甄宓却摇摇头，说道："那江南的大小乔才是真正的国色天香，姐妹天下无双。”

自古文人相轻，美人也好比较，甄宓却自谦说比不上二乔。

她们在庭院里嗑着瓜子，曹植孤身前来同她二人打了个招呼，还问及二位嫂嫂是否心情愉悦。

曹植年轻气盛、血气方刚、聪慧过人，又无拘无束，不喜规矩约束，倒是难得地率真直爽，在庭院里喝了好多杯酒，迷迷糊糊地指着甄宓说："嫂嫂美貌过人，若芙蕖，似朝霞，如芳草，胜明珠。"他脸色潮红，脚步不稳，已经怀胎四月的甄宓听了当场愣住，不知如何收场。

小叔子戏弄嫂子，郭女王还是第一回见到，连连唤丫鬟将这醉酒口不择言的小叔子扶去别处醒醒酒，再拉过甄宓的手安慰："甄姐姐不必惊慌，小叔子胡言乱语，不能当真！"

甄宓木木地点点头，被丫鬟扶回房。甄宓大惊失色的模样郭女王还是第一次见到，想来该是吓得不轻，这小叔子实在是太没规矩了。

叔嫂有别，稍加不注意便会引来大祸。

夜幕降临，郭女王吩咐丫鬟早早点上了灯，想为曹丕做一双靴子。前些日子她清晨醒来，瞧见他那双靴底有些磨损，打算为他新做一双。

她才穿好针线，曹丕就进来了，一进来便问起她晌午之事，想来是听见了一些风声。她刚要开口为甄宓辩解，曹丕却打断她，只要她答是与否，其他他并不关心。

他的目光带着审视，语气是已经定罪的陈述，她没有办法说不是。其实曹丕对于整件事情已经全部知晓，来问问她不过是想要借此试探她对他有没有二心。

她点了点头，他看着她手边那双刚开始做的靴子，放缓了语气："这是为我做的吗？"

"还没做好，恐怕还要些时日。"

"不急。"曹丕笑着拿过那双靴子，目光温柔。

他同她说起近日朝堂太子之争，魏王、魏王后明显偏爱年幼的曹植，觉得曹植直率自然、才气过人，纵然曹植性子不够沉稳，日后也可以好生培养。

而他循规蹈矩，谨言慎行，朝中大臣明显更加偏好他。

他说，他害怕魏王将太子之位传给曹植，太子之位素来讲究嫡长，他又不是无能之辈，越过长子立幼子，世人会如何看他？

她为他斟一杯茶，告诉他不必慌张，曹植性子率真却也毫无规矩，向来我行我素。太子之位关乎国家大事，关乎百姓万家，魏王定然不会不从百姓苍生考虑，况且文武百官也不会答应。

窗外风声刮得树枝沙沙作响，帷帐下，他拥着她，两个人一起说着计谋打算。

他还是这样信赖她，如此，便已足够。身在这乱世，女子犹如浮萍，有了安身之地，她已经感谢万分，他待她如此宽厚，她无以为报，只能时时为他分忧解难。

后来，有一回曹植喝得酩酊大醉，误了朝政大事，惹得魏王不快，曹丕在朝堂之上呼声则越来越高。曹丕大喜过望，抱着她说："女王，你真是上天赐给我的福音啊。"

她推托："妾身不敢居功，这都是夫君的才干。"

曹丕在她耳边低语："女王你什么时候为我生个一儿半女呢？"

说完他还用左手在她平坦的肚子上摸了几把。

她恼羞成怒，娇嗔道："夫君不是已经有了子女吗？我……年少流离失所，受了风寒，怕是不易受孕。"

甄宓之子曹叡年少聪慧，甚得魏王疼爱，魏王说那小儿日后必大有所为。她……怕是这一生难以有孕，不能为他生儿育女了。

纵然这个消息她已经知道许久许久，但她还是无法释怀，心中悲痛难忍。这世间哪个女子不想有自己的孩子，看他皱巴巴地被乳母抱着喂奶，看他咿咿呀呀说着些谁也听不懂的话，也许顽皮捣蛋，可能率真活泼，教他读书写字画画，看他长大成才，娶如花似玉的媳妇。

这是她无论如何也避不开的伤疤，是她的一生之痛。

曹丕越发抱紧了她："会有的，上次大夫不是说你体质比从前好些了吗，只要坚持服药，就会好。"

她点点头，没有再说话。

那日她在院子里散步，婢女前来告诉她，她的小弟出事了。

小弟身为县吏，侵吞官府布匹，按律应处死。可那是她唯一的亲人，她不能失去他。

曹丕也得知此消息，急急写信给西部都尉鲍勋，请求他将此事压下，不要上报朝廷。但那人刚正不阿还是上报了朝廷。

那是她第一次控制不住在他面前哭，她生得不好看，自然没有美人梨花一枝春带雨的姿态，但她真的忍不住了。他安慰她，告诉她日后必将替她弟弟报仇。

后，曹丕称王，封她与甄宓同为夫人，将甄氏母子留在邺城，带她去了洛阳。曹植对甄宓有情，她有所耳闻，任何曹植喜欢的，曹丕都弃之如敝屣，像是刻意避开，也像是迁怒。可幼子无辜，她便请求曹丕将孩子带回洛阳好生教导。

昔日貌若天仙的甄宓，如今已是蒲柳之姿。郭女王听闻甄宓在邺城很是不满，抱怨连天，还诅咒曹丕，想来定是气极。

曹丕大怒，甄宓身为妃嫔心肠却如此歹毒，竟敢藐视君王，这简直是罪不可恕，新仇旧怨重重堆积，他便决定将甄宓赐死。

洛阳城风雨寒凉，不承想邺城一别，她和那甄姐姐，已经天人相隔。

她忘不了甄宓当年初入府邸时的温婉如水，那样惊艳，却也叹息甄宓到底是碰到了曹丕的底线，亲近了曹植。

曹丕想要立郭女王为后，中郎栈潜却极力反对，说自古帝王治理天下，离不开贤臣也离不开后妃襄助，她区区一个妾室，却要匡扶为正妻，实在是有违常理，皇后还是该从世族大家中择端庄贤淑女子居之，如此方能母仪天下。

曹丕怒气冲冲，气急败坏地训斥了朝臣，还对她许诺，定然让她登上皇后宝座，定然不负她。

她出身微贱，皇后之尊实在难以堪任。当年曹操将他安置在永始台时，她就说过，能在他身边看着他，她已经心满意足，他却说，生死与共，恩爱如初，纵然日后妃嫔三千，也定然不辜负她。

他为她举行了隆重的封后大典，给了她无上尊荣。那么她，也绝不辜负他的看重。

她恭顺侍奉卞太后，对待妃嫔也宽厚过人，常常赏赐她们珠宝，嫔妃犯了错他责怪，她也是一力承担，说自己身为皇后没有管束好。

后宫妃嫔都说她是贤德皇后，她却觉得自己离明德马皇后还有大段距离，因此更加谨慎小心。

都说娶妻娶贤，纳妾纳色。她没有天仙之姿，他却待她几十年如一日。

那一年，他出兵攻打孙权，她留在永始台，大雨磅礴，来势汹汹，多处宫殿被雨水冲刷得倒塌，朝中大臣纷纷上书，请她保重凤体另移他处。

她果却断拒绝，听闻当年楚昭王出游，王后贞姜留在渐台，江水汹涌而至，使者欲接王后去往他处，却忘记带信符，王后便留在宫殿，宁死不肯动分毫。如今曹丕战事凶险，她尚且没遇到贞姜那样的情况，何必另移他处呢？

她的所作所为，天下无人不称颂，皇后贤德，天下之福。

她还是没有孩子，曹丕便让失去亲母的曹叡侍奉她。起先曹叡很是不愿，毕竟生母惨死，许是听闻左右宫人逸言认为都是郭女王迷惑皇上使的手段，所以每每向她请安，眉宇之间都有些愤愤不平。她却待他如亲子，那些愤愤不平，她相信会随着时间的流逝远去。

曹丕一直不肯相信曹叡，怕儿子在他死后对她不好，于是迟迟不肯立太子，曾经想过让另一个孩子担任太子，却被她劝下。她瞧着曹叡才干过人，年纪轻轻就已经有诸多自己的见解，如此能人当太子，才是正确之举。

幸好，曹叡在她的日日关怀下，打消了对她的质疑，待她如亲母，常常向她请安，谦虚孝顺，还请了宫外神医为她调养身体，两人越来越像亲母子。

　　曹丕四十岁那年病逝，死前将曹叡立为太子，继承皇位。他目光沉沉地看着曹叡，在众大臣的见证下要曹叡发下毒誓，定要好好侍奉她，否则不得善终。

　　他对她笑笑，手垂了下来，她握紧，却已经冰凉。

　　"秋风萧瑟天气凉，草木摇落露为霜。群燕辞归雁南翔，念君客游思断肠。慊慊思归恋故乡，君何淹留寄他方？贱妾茕茕守空房，忧来思君不敢忘，不觉泪下沾衣裳。援琴鸣弦发清商，短歌微吟不能长。明月皎皎照我床，星汉西流夜未央。牵牛织女遥相望，尔独何辜限河梁？"

　　她读着往昔他写下的诗句默默不语。

瓔珞

杨容姬：
一寸相思千万绪

杨容姬，西晋人，丈夫是古代四大美男之一的潘安。潘安对其用情专一，杨容姬去世后，潘安悲痛不已，为其写下多首悼亡诗，著名的有"如彼游川鱼，比目中路析"。

◆ ◆ ◆

"十八、十九……"她兴奋地数着数，鼻尖上带着汗珠，脸粉扑扑的。

"小姐，小姐……"脚步声逐渐靠近，琼儿喊了她几声，害得她接毽子的脚慢了半分，毽子落在了地上。

马上就要突破二十大关了呢，功亏一篑啊。

她嘟起了嘴："琼儿快说什么事，不然本小姐饶不了你，毽子也饶不了你！"她眼睛瞪得老大，却不带煞气。

"我的好小姐，老爷替您订了门亲事。"琼儿眼睛亮晶晶的，说话的语气也轻快欢乐。

"订亲？我才十岁啊，怎么爹爹就急着把我嫁出去！"

她尚且年幼呢，嫁人，多么遥远的词。

当年姐姐出嫁哭湿了衣裳，一年回家的次数五个手指头都可以数清呢。她才不要嫁人，不要远离爹娘，不要像姐姐一样，每次回家都听见娘亲说什么"好好侍奉公婆，尽早生儿育女"，眼珠子全部往肚子上看。她想想就觉得浑身不自在。

琼儿扑哧笑出了声，以帕子掩面："小姐，这不早，我家乡那边好多人还未出生就被长辈订了亲事呢，何况，小姐您的郎君可是有才有貌的潘安啊！"

"潘哥哥！"她惊呼出声，有点不敢相信。

竟然是潘哥哥！居然是潘哥哥！宛如谪仙的潘哥哥！

她脸上染上了更深的红晕，毽子落在地上也忘了捡，羞答答地跑回了闺房。

书上说：十年修得同船渡，百年修得共枕眠。她和她的潘哥哥相识于渡口边同乘一艘船。

那一年姐姐云英未嫁，带她去河对岸看风景，这是她当年生辰的愿望。那日，她们身穿青衫，手拿折扇，在渡口边等船家。渡口边湿润润的，空气里都是好闻的气息。

姐姐的鞋里进了沙土，有些硌脚，便让她陪同找个隐蔽处将鞋里的脏东西倒出来。她摆摆手拒绝了，怕船被后来者捷足先登，她要在这里占好位。姐姐对她素来没有办法，只得差几个稳重的丫鬟看住她，千万不要出什么乱子。

河边绿水悠悠，青石木板上长满了青苔，小石头上还长了不知名的花花草草，远处还有穿着粗布衣裳在河边洗衣服的姑娘，有船家吆喝着："有人要坐船吗？"

她大声喊道："有人有人，在这里！"

旁边稳重的丫鬟提醒她："小，不，公子，您小声点。"

船家靠岸了，问她要去哪里，她说要稍等片刻，还有家中哥哥正在路上。船家点点头，也坐在窗边歇息，有一搭没一搭地问着她话，说她眉清目秀不像个小伙子，倒像个小姑娘。

唠嗑了半天，姐姐迟迟未来，岸上却忽然来了一个眉目如画的白衣公子，她顿时长吸一口气。这男人实在是太好看了吧，唇红齿白，眉目英俊，当真如画中仙。

那位公子也是要坐船，看他身边小厮那焦急的模样，似乎是有急事要办。

小厮问了好几次船家能不能尽快开船，白衣公子眉头都没蹙一下，倒是很沉得住气。姐姐终于赶来了，脸上泛着红晕，她没有多问，因为当时她所有的心思都在白衣公子身上。

这是她第一次感受到自由，她蹦蹦跳跳地跑去船头看青山绿水，看河底缓缓游动的小鱼小虾，好不自在。

船家跟她说："在船头注意安全啊。"

她点点头，继续看着水里，那水底摇摇曳曳的该是水草吧，好像一只只会动的泥鳅。她离水草挺近，于是跃跃欲试地想要拔一根出来玩耍。

她蹲下身，将手探到水里，突然船一下摇动，她差点整个身子摔出去，但是有股力量牵住了她。

她低头一看，是一双手，回头一看，是白衣男子。

"多谢公子救命之恩。"这么好看的人，连手都是温润的呢。

"举手之劳。"白衣男子淡淡道。

她低下头，眼珠子转了一圈，而后抬起头，鼓足勇气问道："敢问公子尊姓大名？"

"潘安。"白衣男子轻声道。

"在下……在下，呃……容积。"出门在外，她还是小心谨慎为妙，万一被爹爹、娘亲发现可就吃不了兜着走了。

那是他们第一次遇见，她一下就记住了他，眉目如画的白衣少年，那和她有着肌肤之亲的少年郎。

如今爹爹为她定下的这门亲事简直太让她欢喜，她好想马上嫁过去。不知那少年如今是不是更俊美几分呢？

他们当真缘分不浅啊。

娘亲说，她等几年就要嫁过去，因此这几年必须好好学习女红以及侍奉公婆，这是为人妻子的本分。她对这些东西向来没兴趣，不过那个人是他的话，她当然要好好尝试，努力做到。

春夏秋冬缓缓流过，她日日念叨着时光太慢，终于熬过去了。

她想，这世上大概没有哪个女子像她一样，这么急着嫁出去吧。

女工已经做了好多，她甚至偷偷为他绣了几件衣裳，她是偷偷拿爹爹的衣裳做对比加上自己的揣测想象做的，不知道合不合身。

后院里的秋千已经长了草，她好久好久都没有在阳光明媚的日子踢毽子、荡秋千了，也没有偷偷爬到墙上看外面的风景，因为娘亲说为人妻要的是端庄大气，不要像小孩子一样玩玩闹闹。

"一梳梳到尾，二梳梳到白发齐眉。"丫鬟将她的长发盘起，插上了好些金钗。

"一拜天地，二拜高堂，夫妻对拜。"嘻，她从盖头的缝隙中看到他的脚了，和她做的那双鞋子差不多大，果然他们缘分天注定，连鞋子她做得也刚刚好。

红盖头，交杯酒，红烛深深，夜里月儿弯弯似镰刀。

潘安待她好，也不好。

他宽厚温和，彬彬有礼，会牵着她的手带她一起去见爹娘。但是，她总觉得距离遥远，同床共枕她依然看不见他的心。

她送给他新做的衣裳，他会说："辛苦娘子了。"但是她极少见到他穿那身青衫，是不合身吗？并不是啊，她夜里趁他睡着偷偷量了，应该是刚刚好。

那么，到底哪里出了问题。难道他嫌她生得不美？

他出门时妇人少女们纷纷投掷瓜果，他坐的轿子都装满了瓜果，其美貌程度令全城妇人、待字闺中的姑娘热情似火。

"琼儿，你说，我丑吗？"她有点儿不自信了。

"夫人貌美如花。"琼儿甜甜地答。

"那与夫君相比，何如？"她抹上了新买的胭脂，继续发问。

"天造地设的一对。"

可为什么她总觉得离他远远的呢？就好似他是那月光，虽然总洒在她周围，却感受不到温暖。他们相敬如宾，总是交流很少，他也常常很忙，早出晚归的。

还是说，他心里有别人？

这个念头一旦萌生就不可控制地滋长，像毒瘤一样完全控制不了，她想想心里就难受得紧，他心里的那个女子是谁？爱穿黄色衣裳还是爱插粉色簪子，喜好读诗书还是爱好绣花画画？

她慢慢变得忧郁，不再似从前那般天真无忧，日日欢快。果然娘亲是对的，无忧无虑的女儿家一旦出嫁，就会变得心事重重。

她食不知味，不想吃东西，就连最爱的八宝鸭都提不起兴趣。大夫前来诊断，她居然有喜了。

这倒是好消息，她摸着平坦的小腹，嘴角露出了一丝笑意，她要找个好时机告诉她的潘郎。

那日，她在他的书房为他收拾整理书籍，在角落的抽屉里发现了一大沓他写的东西。她按捺不住好奇心，翻开看起来。

吾悦卿卿，已久。

她的心抽痛了一下，原来他真的有心爱的女子。

船上一别多年，晓卿卿芳名，却恐卿卿之名乃捏造，卿卿耳洞若隐若现，实乃女儿身。救卿卿后，念卿卿已久，望来日再见卿卿，檀郎必将上门求娶。

她还从未唤过他一声"檀郎"，寻常只唤"夫君""潘郎"，那乳名她听府里年老的嬷嬷们说起过，她却从未这样亲密地叫过他，因为怕他不喜。

家父订下一门亲事，那女子名为杨容姬，与卿卿名字容积甚是相似。

她的眼泪掉了下来，却是喜极而泣。原来，他心心念念之人是女扮男装的她，卿卿是她，枕边之人也是她，她嫉妒的女子也是当年船上女扮男装的她。

卿卿，吾妻甚好，日后必不再念卿卿，一心待容姬也。

那笔墨似乎是新写的，还未完全干涸。

她坐在地上，冰凉的地面却暖了她冰凉许久的心。她应该一开始就告诉他，在他挑起她的红盖头时就对他说："当日潘郎救命之恩，如今容积以身相许。"

门被推开，潘安惊愕地看着坐在地上哭得稀里哗啦的她，想要解释："其实……"

她站起来，匆匆扑了上去："夫君，我就是你写的这个卿卿啊。"

潘安眼神有些复杂，有惊愕、怀疑、难以置信。

"当年你在船头搂着我的腰的时候，我就喜欢上你了。对了，你那个毛毛躁躁的小厮怎么不见了？"她搂紧了潘安的腰，死死不放。

潘安心下震惊不已。这的确是当年船上那小姑娘，小厮之事他从未再提及，她却清清楚楚知道，他愧疚地抱紧了她，低低开口："他早几年回家娶媳妇了，就再也没回来过。"

他看向她的目光温情脉脉，如这将要落山的太阳，晒在身上暖洋洋的。原来她是他一直念念不忘的卿卿，他也是她一早就想嫁的白衣少年。

"你之前对我那么冷淡，你该当何罪？"她开始蹬鼻子上脸，得寸进尺地想要惩罚他。

"但凭娘子处罚，但是娘子日后女扮男装可千万别将耳朵露出来。"潘安笑吟吟地睨着她，温润的目光里是她从未看到过的爱意。

她托着腮想了想，顿时有了主意："那就罚你为我这肚子里的孩子想一百个名字，再任我挑选。"

后来，她陪他去当了县令，看他在整座城里种满桃花。春日桃花开得灼灼明艳，他执起她的手，为她摘下一朵桃花，插在她耳边，温柔地道："娘子喜欢吗？"

她点点头，两人相视而笑。

她只和他做了二十多年夫妻便撒手人寰。他痛哭流涕，悲伤不已，形容憔悴，宛如失了魂。他常常想，要是他早一点认出她，也许他们还能多一点欢乐时光。

身边人劝他纳妾续娶，他却毫不犹豫地拒绝，谁也比不上他年纪轻轻时就认识的那个活泼姑娘。

"如彼游川鱼，比目中路析。"

天下人都羡慕她，哪怕她已经长眠地下许多年，那一首《悼亡赋》，听着仍让人潸然泪下。

绿珠：一代红颜为君尽

绿珠，西晋富豪石崇宠妾，她不慕荣华，坚贞不屈，后坠楼而亡。唐代大诗人杜牧为其写下"日暮东风怨啼鸟，落花犹似堕楼人"。

◆ ◆ ◆

她本是要同母亲去舅舅家庆贺外祖母八十岁寿辰，却在半路遇到一群强盗，拦下了她们母女，强盗见她生得花容月貌，想要劫财劫色，将她带回土匪窝。

母亲连连跪地求饶，将身上值钱的东西都取了下来，请求强盗头子放了她们母女。

强盗头子踢了她母亲一脚，用粗糙黝黑的手抬起她的下巴："这美人真是今天的最大收获。"猥琐的笑声在她耳边回荡。

前方出现一队人马，强盗头子赶紧吩咐手下躲起来，却还是被对方发现了动静，看情形是朝廷大官，这是求救的最好时机。

她放声大喊："救命啊，救命啊！"强盗头子赶紧捂住她的嘴，她抗拒地发出呜呜声，引起了那队人马的注意。

这伙强盗人也不少，和朝廷那队人马人数相当，朝廷那边为首穿着玄色衣裳的男人看了她一眼，便吩咐下属拿了十斛珍珠买下了她。

强盗头子拿着珍珠高高兴兴地吆喝着弟兄们去喝酒。她待在原地，看着那个花了大价钱救下她的男人。

"多谢大人救命之恩。"她行了个大礼。

"你叫什么名字？"那男人看着她，缓缓开口。

"珠娘。"她抬起头，与那个男人对视。

男人旁边一个穿着黑色衣裳的人对男人说道："大人，这越地以珠为宝，生女唤作珠娘，生男唤作珠儿。"

男人点点头，一双黝黑的眼睛盯着她，自上而下打量，良久才出声："你可愿跟着我回去？"

除了跟着这个男人她已经别无他法。强盗头子虽说拿了钱走人，却有可能再度拦下她。前段时间小巷里有位稍有姿色的女子便是这样被掳走，一去不复返，官府至今都没有找到那个女子被带到了哪里。

"小女子自当愿意侍奉大人，只是家母方才被强盗踢伤，还望大人可以……"

她话还未说完，男人便打断了她："小九，你去将那位妇人送去医馆，让大夫好好救治，不用在乎诊金，只要治好。"

就这样，她跟了他。

那时候她不知道他是富甲天下的采访使石崇，她只觉他像是上天派来拯救她的人。他为她起名"绿珠"，因为他最是喜好碧色，如悠悠山涧边生长的草木，享受着得天独厚的阳光、雨露，纯净清新，不染一丝杂尘。他觉得她便是那样。

他的府邸奢华富贵，精致无比，府上姬妾繁多，个个身怀绝技，都不是等闲之辈。

看着数不尽的绫罗绸缎，她才知道她跟的这个男人是这样富有。沐浴处源源不断的热水，七八个丫鬟摘下的玫瑰花瓣，一两个侍女的贴身按摩，飘飘荡荡的帷帐，丝滑的衣裳，这些是她从未见过的生活，令她好生不习惯。她总觉得沐浴是一件私事，旁边站着这么多的女人伺候，让她很不自在。

他却告诉她："绿珠，你好好享受就行，平常人家都没这等待遇。"

她本就依附着他生存，他说的事她哪敢不从。

她擅长吹笛子，笛音袅袅，如潺潺流水，又如脉脉余晖，带着凄凉，听者无不沉浸在她的笛音中久久不能平复，赞叹她技术高超。

她看着席上嘉宾满客，不禁忧从中来。

美味佳肴在席，侍女伺候周到，绝色美女低低吟唱，宾客无不拍手叫好，对着石崇说："你府上姬妾尚且如此有才华，福分匪浅啊。"石崇听罢哈哈大笑，招呼她过去，拍了拍她的肩膀说她是他的心头好。

石崇总会送她些华美衣裳，她在婢女的提醒下一天要换两三件衣裳，沐浴也不下两次。

她是石崇的姬妾里最受宠的那一个，石崇总觉得她善解人意，温婉大方，笛子又吹得如此美妙，所以常常将她带在身边。

他喜好歌舞宴饮，时不时便唤上府里一群姬妾在庭中歌舞弹唱，每每都说美人美酒美食才是人间最快活的事。她被他搂在怀里，心里不是滋味。

天下穷苦人家饥寒交迫，有上顿没下顿的，而石崇如此奢靡，甚至与皇帝的舅父比富贵。

王恺用清甜的糖水洗锅子，石崇便着人买了几车蜡烛来当柴烧。穷苦人家，蜡烛尚且都买不起，天黑后便什么也看不见。

王恺做了四十里的紫丝步衣障，石崇为了从气势上压过王恺再加了十米。皇帝看着亲舅舅输了，赏赐了珊瑚树给王恺，石崇竟将王恺那株珊瑚树敲碎，再将家里的珊瑚树全部赔给王恺。

天下富贵家，谁人不知石崇，皇帝的亲舅舅都败在他手底下。

数不尽的绫罗绸缎、用不完的上等胭脂水粉、听不尽的丝竹之声，这便是她过的奢靡生活。

那日她涂抹胭脂时，问了问旁边的丫鬟才知晓，那小小一盒胭脂，竟然抵得上普通人家一年的收入。

他建的金谷园，亭台楼榭、莲花淡淡、鱼虾嬉戏，路上小径都种满了名贵的花草，花香四溢。那亭台处也有软榻，可以随时歇息，就连擦嘴用的帕子也是上好的材质，却只用一次就丢弃。

她闷闷不乐，眼生愁容。

他觉得她是太过思念家乡，于是差人用最舒适的轿子去接她的双亲来府探望。她的母亲父亲来到府邸，四下打量，看她过着如此精致的生活，都赞叹，这石崇真是过得逍遥自在。母亲说，她跟了个好人家，这一生有享不完的福气。父亲却有些担忧："君子爱财，取之有道，不知石崇这奢靡生活是否都是正经途径得来的财宝。"

长廊深深，曲折绵长，她决定委婉地同石崇说说。他房外站着数十个仆人，看她来了纷纷问好，她说要见见大人，立马有个穿褐色衣裳的仆人去里头禀报。

她踏进他房里，他正在练字，狼毫是玉质的，晶莹剔透，宣纸上写着几个大字：青青子衿，悠悠我心。那几个字刚劲有力，气势豪迈。

"绿珠儿前来所为何事啊？"石崇换了张宣纸，蘸了点墨汁，继续写新字。

"大人，绿珠有句话一直不知当讲不当讲，但是绿珠今日还是决定同大人说。"绿珠站在石崇旁边，帮他磨墨。

"但说无妨。"

"大人，贫苦人家饥寒交迫，石府上下却太过奢靡，实在是不妥。木秀于林，风必摧之，富甲一方，必定遭人嫉妒啊。"绿珠一字一顿地说道，悄悄打量着石崇的神情。

石崇写好了"我有嘉宾，鼓瑟吹笙"才放下笔，凝视她许久才说，天下富贵贫穷并非由他决定，贫穷之人只要上进便可逐步致富，至于他，人生得意须尽欢，需要及时行乐。天下富贵人家如此多，不在有生之年待自己好点，死后留有金山银山又有何用？

说罢，石崇还抱着她坐在自己怀里："绿珠儿啊，你休得担心，这天塌下来，都有我为你担着，你只管享受就好。"

绿珠坐在他膝上，不知如何反驳。

"绿珠儿啊，唱首小曲吧，今日有些乏了。"石崇按了按太阳穴。

他们两个思想简直是云泥之别，他不懂她的忧愁所在，她也不明白他的奢靡骄傲。上次在亭台碰见石崇的另一姬妾，那人便同她说，女人家不要思虑过多，一切全按大人吩咐即可。她指腹轻轻地在石崇的太阳穴上按摩，心下叹了口气，也罢，就这样得过且过吧。

她聪慧有才学，爱好诗文，隔三岔五总能写出几首新诗。他见她写得不错，也就不甘落后地写了好多诗文，再着人一一点评，看看谁更胜一筹。他奢靡是真，骄傲是真，我行我素是真，才学也是真，那诗文可经得起一一推敲，句句都是不俗。

在朝堂之上，他与潘安一同投靠贾谧，听说极为谄媚，不料贾谧被诛杀，贾后被废，石崇也受牵连被罢官。费尽心机到头来却是一场空，他有些颓靡，日日在金谷园同姬妾寻酒作乐，听曲看舞，麻痹自己。

有官员差人来向石崇索要她，石崇似醉非醉，将府上姬妾尽数喊去，要使者自己挑选，除了她，随意哪个都可以拿去。

他不知道他的这番话，引来孙秀的滔天大怒，孙秀便在赵王伦面前搬弄是非，惹得赵王伦不喜，派兵杀石崇。

高高的楼台上，身后穿着铠甲的士兵举着大刀，石崇长呼一声，对着她说："我现在因为你获罪啊。"

绿珠淡然一笑，古往今来，都说红颜祸水，妹喜亡夏，妲己灭商，褒姒毁周，男人的错往往加诸女人身上，她们不说话，不发动一兵一卒，却成了替罪羊。也罢，幸好她从未爱过他，就当是还了救命之恩。

绿珠纵身一跃，石崇甚至来不及拉住她的衣角。丝滑的衣裳上沾满了点点红梅，士兵都吓了一大跳，骚动起来。

"绿珠儿，绿珠儿……"石崇在楼上青筋暴起，大喊着她的名字，却再也听不到有人应答。

他被斩于东市，终于幡然醒悟，都是钱财惹的祸，却为时已晚，性命、美人都已经成了一抔黄土。

石崇呢？又可曾真的爱过那个他亲自起名的姑娘？

"瓦砾明珠一例抛，何曾石尉重娇娆？都缘顽福前生造，更有同归慰寂寥。"

临海公主：梦啼妆泪红阑干

临海公主，晋惠帝之女，母为经历五废六立的皇后——羊献容。西晋灭亡时，她曾沦为奴婢，受尽折磨。后东晋建立，临海公主逃出深渊，重新做上雍容华贵的公主，被赐婚于宗正曹统。

◆ ◆ ◆

小时候她不小心打碎了父皇的宝贝，身边的小宫女被拖出去仗刑五十，她哭得稀里哗啦地问嬷嬷，明明打碎宝物的人是她，为什么是小宫女受惩罚。嬷嬷对她说，她是一国公主，主子犯错丫鬟受罚，天经地义。

公主。扎着两个花苞头的她并不明白这是什么意思，只晓得自己做错了事会给别人带来麻烦，于是她小心翼翼，不敢犯错。

她的母后是父皇的第二任皇后，她前头还有三个姐姐，她被封为"清河公主"，自小锦衣玉食。

父皇在朝堂之上就是个摆设，因为那句"没有粥吃，那他们怎么不知道吃肉啊"沦为天下笑柄。

母亲前前后后被废了好几次，甚至险些被杀，她不知道以前的公主是不是也活得这样战战兢兢，生怕哪天一睁开眼，宣旨的太监就端来一杯毒酒、一条白绫或一把匕首，要她自行了断。

朝中大臣斗争激烈，宫中风起云涌，母后常常抱着她说："万一哪天母后不在了，你要好好保护自己，不要寻短见，人生很长，什么事都说不准。"

她紧紧抱住母后："母后不要离开我，女儿一定乖乖听话。"

夜深人静时，她躺在床榻上做了梦。梦中有个男子隔三岔五就来找她，那男子身着青衫，带她看宫墙之外的灼灼桃花，寒冬腊月里为她剪一枝梅花，她问梦中人："你是谁啊？"没有答案。

她日日盼着能和梦中人相遇，每天用过晚膳便早早上床等夜幕降临，等着梦中人带她走遍千山万水。

雨水一点点打湿了芭蕉叶，在湖面上晕开，门前的石板上都是雨水洗刷过的痕迹。她坐在屋里，穿上了厚厚的衣裳，手中拿着个汤婆子，却还是觉得冷。

轰隆隆的雷声，如同恶魔般恐怖的天空，似要将整个大地吞噬。

雨过天晴，天边升起一道彩虹，她那个素来不亲厚的父亲去世了，皇太弟即位，她的母后依然是皇后之尊，不过是前皇后。

母后的算盘落空了，皇太子晚了一步，母后触手可及的太后之位也落了空。她听见母亲在那空寂的大殿里叹息："羊献容真是命途多舛，不知何时是个头啊！"

宫门深深,她没有看过外面的世界。小时候父皇倒是会和她一起玩蒙眼摸人的游戏,她每次都能准确地抓住父皇庞大的身子。父皇告诉她,民间的小孩便是这般玩耍,三五成群地能玩上好几天。

她的父皇从未踏出过深宫,连民间的穷苦都不知晓,又怎么会知道这游戏。但她也不拆穿父皇,继续乐呵呵地同父皇玩耍。前头的三个姐姐因为生母被废,对她总是亲厚不起来,她没有玩伴,所以更加珍惜每一次玩闹的机会。

洛阳城破那年她刚刚十四岁,前赵首领带兵破了洛阳城,宫中大乱,宫人侍卫纷纷收拾行李跑了,主子怎么大喊大叫都无人理会。

母亲喊了贴身丫鬟帮她收拾了几件衣裳、带上了几件名贵首饰,让她坐上轿子逃到宫外去。

宫外战火连天,尸横遍野,她踩着沾满鲜血的宫人的尸体,慌慌张张同母亲派来的丫鬟会合。

母亲迟迟未来,丫鬟说:“公主快逃吧,娘娘住的宫殿已经有了烟火,怕是凶多吉少啊。”丫鬟拉扯着她的衣袖催促她赶紧上马车。

“我要等母亲。”她看着母亲宫殿的方向不肯离去,她要和母亲一起离开。

丫鬟直接敲晕了她,等她再次醒来时已经在马车上。她迷迷糊糊睁开眼,看着车厢内伺候她的丫鬟号啕大哭。那是她的母亲啊,就这样离开她了吗?天下这般大,她要去往哪里啊?

丫鬟到底是皇后的心腹,在这时候依然护着她。马车往东南方向跑着,一路的景致有了变化,青山绿水,白墙黛瓦。

丫鬟说,这是江南。江南景色很好,鸟啼清脆,湖水也清清澈澈，她们下了马车，去河边打水。

河边长满了鲜花盛草，外面的风景这般美好。只是父亲已死，母亲也是凶多吉少，若是可以她宁愿做那个深宫中的金丝雀，只能看见一方天空，但能陪在父母身旁。

草丛里传来丫鬟的惊呼声："你杀了我，你也不得好死。"一声更比一声大，她吓得不敢出声，赶紧屏住呼吸躲在草丛里。

良久，脚步声终于远了，她又蹲了好一会儿，才蹑手蹑脚地扒开草丛跑过去，发现了丫鬟的尸体。

天下之大，已无人陪着她。她伤心难忍地埋下了丫鬟的尸体，一个人毫无方向地走着。她想过悬梁自杀，想过跳河，但一想起答应母亲的那句话就又平静下来。

国破家亡，无以为家，昔日公主之尊，如今流落荒野，已饿得骨瘦如柴。

再次醒来，她已经被卖到了钱温家，伺候他的小女儿。那个小姑娘刁蛮跋扈，动辄对她打骂。

钱府的日子虽暗无天日，但至少有饭吃、有衣穿。

尽管艰难又辛酸，她仍咬牙切齿地活着。

她的梦中人好久都未曾出现了，不晓得现在过得好不好，是在湖边吹箫吟曲还是在书房研墨练字，是否有人红袖添香？

天地之大无以为家，她空落落一个人，渺小如同沧海一粟。

钱大小姐看她纤纤玉手，肌肤胜雪，常常审问她的来历，她每次都撒谎蒙混过关。

簪花、花钿素来是女子的心头好，她陪着钱大小姐去街市上买东西，商家说小姐看中的那款簪花是珍品，需要大价钱。

钱家虽然是官宦之家，这等名贵之物却是买不起的，钱大小姐便趁商家不注意，偷藏了起来，正准备高高兴兴地离开，却被商家发现了。

店铺人多，围观的人纷纷认出了钱大小姐，窃窃私语："钱家无家教。"

钱大小姐一个甩手，将耳光打在了她的脸上，大骂："都是你这个丫鬟，居然还偷簪花，这么名贵的簪子，你戴得起吗？"

她成了替罪羊，接受四面八方的鄙视和恶语相向。

她是一国公主，如今却成了下等奴婢，遭人白眼，受尽讥讽。

"这簪花，我替这位姑娘付了吧。"一道温和的男声打破了僵局，黑色的衣衫从她眼前划过，那男子将一包银子给了掌柜。

钱大小姐拿着簪子走出了门，留下她一个人面对依然看热闹的人群。那男子淡淡开口对众人说："只是一桩误会，散了吧。"

她抬头看着他，那男子俊眉星目，一尘不染，低下头对她说："姑娘脸上有伤需要用药，若是姑娘不嫌弃，在下陪姑娘一程。"

这人她似乎隐隐约约在哪里见过。

她哪里有钱抓药，摇摇头拒绝了，那男子似乎知道她的窘迫，便开口道："姑娘受了委屈，医药费姑娘不必担心，在下付了。"

他像是她黑暗生活中的一束光，给了她一丝希望，她看向他的目光便有了淡淡的情愫。

只是云泥有别，他说他名曹统，看他通身气派也知道非富即贵，而她只是一介奴婢，地位卑贱。

她便只能在心底偷偷想他。

回去后，钱大小姐又将气撒在了她身上，将她关入柴房，不给饭吃不给水喝。幸好她平时与人为善，有个嬷嬷趁着夜深人静，偷偷拿了几个包子，从窗户递给她吃。

她狼吞虎咽地嚼着，哭得不能自已。

阳光洒进来，黑暗阴湿的柴房也染上了温暖，钱大小姐派人喊她赶紧上前去伺候梳头洗脸，她拍了拍身上的尘土，飞快地跑了过去。

曹统对她说，人活着就一定要有希望；曹统对她说，如果有需要，可以找他。

熬过去了便是一段时光，熬不过去只能成为一具冰冷的尸体。

她卑躬屈膝，吃了很多苦，流了很多泪，身上疤痕无数，道道触目惊心。

听说母亲被前赵首领俘虏后，被立为正妻。母亲尚且坚强地活着，她也要好好活下去，为了有朝一日能母女重逢。

司马睿登基为新皇，定都金陵。那是她幼年时喊过哥哥的人，她看到了希望，将平素的银子都收拾好，扎了个包袱放在床下，准备有机会就逃出钱府。

那日，钱大小姐唤她去街市买胭脂水粉，她抓住时机逃出了钱府，路上吃尽了苦头，睡过寺庙，啃过别人丢弃的馒头，九死一生终于来到了都城。

她笑了笑，看着城门下的士兵也觉得分外亲切。

她同守门的士兵说自己是前朝公主，士兵看她那寒酸的样子不肯相信，觉得她是冒充的。为了证明自己，她将父皇送给她的那枚簪子拿下，轻轻扭开，里面暗藏玄机，雕着一只凤凰。

司马睿接见了她，看着她形容憔悴、面黄肌瘦，听着她将那些悲惨的遭遇，怜惜地说："妹妹受苦了，朕一定好好待你。"

司马睿将钱家父女打入了死牢，将她封为"临海公主"，赏赐金银珠宝、胭脂香粉无数。

她去了趟黑漆漆的天牢，天牢里到处是蟑螂耗子，她对着沦为阶下囚的钱大小姐说："现在知道我的身份了吧？"

钱温磕了好几个响头，跪地大声求饶："罪臣有眼无珠啊，请求公主大人不记小人过。"

苦尽甘来，她请求司马睿派兵营救被俘虏的母亲，司马睿却说现在还不是好时机。也罢，活着就有希望，终有一日她们母女会团聚，那时候她还要像小时候一样在母亲怀里撒娇，让母亲给她扎头发。

司马睿准许她自个儿挑驸马，给了她一本密密麻麻写满字的本子，上面写了朝中青年才俊的姓氏、名字以及家中状况，她在那个熟悉的名字上画了个红圈。

不日，她被赐婚于宗正曹统。

盖头被挑起时，她的新郎官眼神错愕，惊讶不已："是你！"

"是我。"她轻启朱唇，眼眸含笑。

"我当日救下的竟是我未来的娘子。"烛光明明暗暗，映在喜庆的帷帐上，他握紧她的手道。

而他，也是她的梦中人。

谢安之妻，乃东晋清谈家刘惔之妹，夫妻感情和睦，她多次巧拒丈夫纳妾，曾言"周姥撰诗，当无此也"。

◆ ◆ ◆

"安石不出，如苍生何！"她的丈夫便是名满天下的谢安。

谢安隐居于会稽山阴东山上，终日曲水流觞，饮酒作乐，同志同道合的好友吟诗作对，好不畅快。

他少时便思维敏捷，得到了名士的大加赞赏，才华出众，出身名门，仪表堂堂，偏偏这样的人还纯粹沉稳，待人周到体贴，叫人挑不出一丝差错。

他们的婚姻是门当户对，也是相互扶持。她的父母兄族都在朝中为官，协助君王治理天下，她的夫君则选择出世，不慕名利。

每逢有名士请他出山，他都岿然不动，依然居住于这东山风流快活。

她曾经开玩笑问谢安，兄弟宗亲中有为官者，常常门庭若市，前来拜访的人数不胜数，家中金银财宝无数，当真不心动吗？况且大丈夫素来人生理想就是修身齐家治国平天下，他当真平淡如此，不渴望建功立业、名垂青史吗？

谢安听罢微微一笑："其实也免不了俗啊。"

她的姐妹们说她嫁了个好夫君，性情、才能皆是上乘，夫妻情深，连妾室都没有，简直是不可多得的好郎君。她每次都只是坐在那里听她们唠叨，不参与讨论。

家家有本难念的经，姐妹们只看到谢安不纳妾，身边只有她一个夫人，却不晓得他不是不想纳妾，只是一直以来她不允许而已。

谢安待她诚然很好，家中事、世间事都会与她说起，询问她的意见后再酌情处理，写诗练字时也常常将笔递给她，一人写上句一人对下句。有时她忽然忘记哪个字如何写，谢安便大手包住她的小手，在宣纸上将她漏掉的那个字填上，这大概就是传说中的琴瑟和鸣。

寻常世族大户人家都有三房四妾、美人在侧，便是洁身自好清心寡欲之辈也有一二侍妾，她的谢安，当真是只得她一人。

弱水三千只取一瓢，美人无数只要一个。风流倜傥的谢家郎，没有抛媚眼的美艳侍妾，也无明艳张扬的妾室。家里一切和睦，万事安康。

真的是谢安清心寡欲愿意守着她一个人吗？答案是否定的。他身在世家，知道三妻四妾，知道娶妻娶贤、纳妾纳色，知道哪个楼院里歌姬歌喉婉转。他也有过墙里佳人笑、墙外少年郎的时光，更有看美人弹奏一曲《凤求凰》，整个房里都浪漫得不可思议的美好时刻。

在遇见她之前，他不寻欢作乐，在众多世家公子中也属于清心寡欲之辈，但还是免不了情愫绵绵，怦然心动。

她是个聪慧的女子，前尘往事不必追溯，但嫁过来了，这好夫君还是要紧紧攥在手里。

生孩子那一夜，她流了很多血，嘴唇泛白，身体虚弱得不行，产婆喊她使劲使劲再使劲的时候，她已经没有力气大喊大叫，灌的姜汤暖不热小腹，鲜血从身下缓缓流出。

她看着暗沉沉的窗外，力气一点点被抽空。也许只能陪他走到这里了吧，她恍然记得回门那天，她穿着桃粉色衣裳，面上不施脂粉地坐在喜房里仰起头静静地凝视着他，看着他小心翼翼地为她画眉。她素来眉色淡淡，他说，往后只要有空，这画眉的事儿全交给他。

那是白雪皑皑的冬日，外面一片银装素裹，他牵着她在雪地里一步一步走着，两行脚印在雪地里生了花，蓦然间她好似明白什么才是白头偕老。她的头发被风吹乱，披风里手不好伸出来，他瞧见了便停下来，将她的额发往后拢拢。寒冬腊月，空气寒冷得似是凝结，梨花树下，她闻见了他身上淡淡的竹子清香。

丫鬟们端着一盆盆血水出去，头埋得低低的，产婆焦头烂额地给她加油鼓气，告诉她一系列技巧方法，她却都听不见。

来世如果能投胎再遇上他，她一定要在相遇的那一刻霸道嚣张地告诉他："你不许看别的女人，不许娶别的女人，不许别的女人跳舞，统统都不行！"

谢安在门外大喊："夫人，你一定要挺住，新婚那夜说的话我答应了，我答应了，你听见了没有，你要挺住！"

才满三岁的儿子也在外头大喊："娘亲娘亲，你不要丢下我，我要你带着小弟弟一起出来，我会好好照顾小弟弟，不惹爹娘生气。"声音稚嫩中带着些许惶恐不安。

谢安的声音有些急促，喊着一句句"你要挺住"。她好像有了些力气，因为他说，新婚之夜的话，他全部答应。

那夜她为他宽衣时说："不管夫君从前如何，既然娶了我就要一心一意待我，愿得一人心，白首不相离。"

身着中衣的谢安微微错愕，转而又恢复了声音，脱了木屐，才郑重说："尽量做到。"这番新婚之言若是别的新郎听见指不定破口大骂，这才刚刚过门呢，就如此犯妒，一点都担不上一家主母之位。她的安石，到底比平常公子稳重几分。

生产凶险之时，他用承诺留住了她。这份重如千金的承诺满了她的意，也困住了他。"尽量做到"和"答应"，几字之差，却是天壤之别。

经过那番凶险，他们的感情变得更加坚定。

阳光正暖，她日上三竿才醒过来，一睁开眼他就坐在床边看书，见她醒来，帮她选了件桃粉色的衣裳。她见这娇嫩的颜色，摇了摇头："这是小姑娘穿的，我现在哪儿能再穿啊？"

谢安低头笑了笑，嘴角勾起若有若无的弧度，说出的话却满是调侃："夫人姿色比小姑娘更胜一筹。"

饶是再镇定，她也羞红了脸，到底比不上他泰山崩于前尚且能谈笑自如面不改色，最后她穿上了那件桃粉色衣裳。梳发敷粉后，他们一同去看两个淘气包，她埋怨道："每次都不见你教育儿子们，每次都是我唱白脸！"她撇了撇嘴，不甚开心。

"我是以身作则，言传身教。"谢安面不改色，一本正经地答。

"就你贫嘴。"

"夫人喜欢就好。"谢安眼中盈满笑意。

她加快了脚步，懒得和这人说话。两道身影在春光明媚的后花园里，羡煞了花丛中的一双蝴蝶。

后来谢家在朝中无中流砥柱之辈，他出仕追随桓温担任他的幕僚，有人讥讽他，当年隐于东山不过是惺惺作态，他不作解释，时间自会证明一切。

他为人谦和、才能出众，在权臣和皇权的博弈下安稳地生存，身居要位仍旧不改初心，用自己的方式为家为国为百姓谋福。

淝水之战中，他风姿翩翩，运筹帷幄，用精明智慧的决策打败强大的前秦军队，在马上高呼："小儿辈大破贼！"

她喜欢这样一个天下有难，义不容辞流血流汗的他，不管他是骑马骑驴坐轿辇，官拜几品，她只知道他最喜欢喝她泡的西湖龙井茶和天香楼里的红烧鱼。

官做得大，自然有人送上如云美女，姿态万千，秉性各不相同，他却一一拒绝。子侄辈有几个人前来同她这个婶婶话家常，说是最近爱看《关雎》《螽斯》。

她一听就知道这几个小辈是何居心了，也不戳穿，继续听那几个小辈说，还颇有兴趣地问上一句："你们从这书中学到了什么？"

那几个小辈见她这样问，很是得意，连忙滔滔不绝地说："这《关雎》说'窈窕淑女，君子好逑'，告诉我们男子汉大丈夫可以追求那些娴淑美丽的女子，这乃男子的本性。那《螽斯》是说家庭和睦，子孙满堂。"

她抿了口茶，随意一问："那你可知这是谁写的？"

那侄儿以为她在考他，自信满满地说："圣人周公。"

"因为是周公才这样写，要是周婆肯定不会这么写了。"她面色不改，施施然道。

那些个子侄辈纷纷低下头，一时不知如何是好，空气里一股尴尬的气息蔓延，盖过了茶水的醇香。

哪有女人心甘情愿替丈夫纳妾的，驱赶尚且来不及，否则那些惨死的妾室、那些重病早夭的孩子、深宫中迟迟未能有孕的宫妃之事又是如何而来？

隐而不发的嫉妒更加可怕，女子尚且要求对丈夫一心一意，侍奉周全，男子只要清心寡欲、严于克己又有何难？既然有拱手相让的想法那当初为何苦心求娶？天下男女之事，当真是一言难尽。

不过，她守着她的夫君就好，他人之事无权干涉。

不晓得男子是不是年纪越大，那顽皮的劣根性就越发突显。那日她在家中看歌女跳舞，谢安恰恰回府，陪在她旁边看了一会儿，莫名其妙地问了句："夫人如此放心地让我坐在这里，不怕我看上那些歌姬吗？"神色中戏谑满满。

"哦，那就把帘子放下。"话音刚落，她就吩咐贴身丫鬟用帘子围上那些身姿曼妙正在旋转的舞姬。

"夫人，再给我看一会儿。"谢安笑吟吟地请求，眼神却不肯错过她的一点情绪变化。

"这会损伤夫君高洁的名声，夫君还是早些歇着去。"她面不改色，佯装认真地欣赏那帘子里传来的悠悠歌声。

"夫人真是妒妇。"他拿起酒杯，畅饮了一口。

她险些绷不住笑意，轻咳了两声，撤去歌舞，唤人收拾了桌上的果盘，同谢安一起回房。

他替她解开盘着的长发，她睨着他："怕是很多人说我是妒妇。"

"何妨，同僚们也私下议论我，说堂堂谢太傅，惧内。"他一派清风朗云，眼如星辰。

房间里，是低低浅浅的笑声，在月色里，如此温柔。

郗道茂：
忆君心似西江水

郗道茂，丈夫乃"书圣"王羲之第七子——王献之。初两人感情和睦，但因新安公主固执地要嫁给王献之为妻，形势所迫，王献之休妻娶了公主。后，王献之死前留下"不觉有余事，惟忆与郗家离婚"。

◆ ◆ ◆

许多年前，柳絮纷飞，她站在王家后花园望着满身愁绪的二嫂谢道韫，怜惜、心疼，却也无能为力。

她静静地感受着那个年幼就吟出"未若柳絮因风起"的女子心里无处排解的愁绪。

那站在柳树下任由落叶随风飘在身上的女子，究竟有多悔恨嫁给王家二郎，也只有自己知道，她没办法感同身受，因为她的郎君是她青梅竹马的表弟，二人感情和睦，羡煞旁人。

二嫂在家族聚会时，看向她的目光总有说不出的羡慕。她对二嫂素来仰慕，这样才华横溢的女子丝毫不逊于儿郎。

她也是有几分才气的，但在二嫂的衬托下，显得暗淡无光，如同星辰与月亮，不可相提并论。

她一次次感激上苍自己是如此幸运，嫁进了与皇家共执政的琅琊王家，夫君还是英俊潇洒、博古通今的王家七郎。

她的公公王羲之是右将军，一手行书美名天下；她的婆婆是她嫡亲的姑母，自小对她爱护有加；她的夫君是两小无嫌猜的表弟，他见过她青丝覆额，迈着小短腿一扭一扭地要吃大哥哥们买的糖栗子，她也见过他被宾客们刁难得不知如何是好，二嫂顺利解围的尴尬模样。

她从未想过他们有朝一日会分开，琅琊王氏啊，权势滔天，天下谁人敢惹？他的兄弟总是戏谑他们"七郎夫妻最是情深"。

自古情深留不住。

皇帝圣旨一下，宣旨的太监尖细着嗓子一字一顿地旨意，他们全家震惊不已。皇上赐婚，将新安公主司马道福下嫁王家七郎为妻。

宣旨的太监走了，五郎王徽之立即起来，眉头微蹙："简直荒谬，发妻尚在，哪来的二妻之说。"

七郎将她颤颤巍巍的身子扶起，在她耳边说："我定不负你。"

她木木地点了点头，任由七郎将她扶回房，途经二嫂身边时听见低低一句："怕是皇上想要七弟休妻。"

"道韫。"王凝之呵斥住了二嫂，朝她摇了摇头，使了个眼色。

"怕是确如二嫂所言啊，堂堂公主，皇上定然不会让她屈居人下。"王徽之思忖片刻开了口。

叔嫂兄弟看她的眼神都变得有些复杂。七郎说："娘子，你我二人感情深厚，我不会娶公主的，你放心。"

她不晓得七郎有何打算，听他语气坚定，似乎已经有了主意。

可皇家的圣旨哪能拒绝，九五之尊金口玉言，赐婚之事朝堂上无人不知。公主已有夫婿，却不惜和离日日在皇帝面前哭哭啼啼，这份感情有多深重、心意有多决绝，可想而知。

那一夜她辗转难眠，翻来覆去怎么也睡不着，睁眼到天明。清晨，她也懒得梳洗打扮，准备去后花园看看，也许不久后她再也见不到此处的亭台楼阁、百花争艳，趁着还有些许时间，留住那些记忆也好。

一打开门，她就瞧见了同样眼底乌黑一片的七郎，他眼中布满血丝，朝她努了努嘴，和煦地笑了笑："娘子，我有了足疾，想来公主不会要我这个残废之人，娘子不要嫌弃为夫呀。"他迈向房间的腿一瘸一拐的。

她用手撑着他，脸上满是错愕、动容："七郎，何须如此，这实在是太过……"太过痛苦，也太过情深，她不知说什么好，擦了擦盈出眼眶的泪，搀扶着他坐了下来。

他用艾草熏伤了脚，脚上都是触目惊心的伤口，还未来得及包扎，她看得很是心疼。他向来锦衣玉食，从未受过这样的伤，她别过眼去不忍再看。

"娘子不必担忧，这不碍事，只要能不娶公主，断条腿我也愿意。"王献之捏了捏她的脸，故作轻松地说道。

她唤了丫鬟拿来药布，小心翼翼地为他倒上药粉，一圈圈用白布缠好，扶着七郎坐上了上朝的轿子。

那晚，七郎回来得很晚，欲言又止，眼神中写满恼怒。七郎素来

119

性子温和，潇洒自如。当年家中着火，王徽之急匆匆地跑出来，木屐都未穿上，衣裳松散，七郎却穿戴整齐，任由仆人扶着出来，无一分焦灼。如若她没猜错，怕是新安公主没有退婚之意。

这样强势霸道的公主，爱上一个人便不择手段，她当真不晓得怎么评价。怨吗？新安公主也不过一个痴情女子。喜吗？自是不可能，新安公主自私自利，从未想过自己一个任性的决定对旁人会造成怎样的伤害。

圣旨一下，她其实已经料到自己的结局。除了被休，没有第二种可能。

七郎不只是她一个人的夫君，他身上背负着琅琊王氏的名声、期望，他是被当朝宰相谢安称赞过的人中龙凤，是都城无人不晓的芝兰玉树。

王家容不得他率性而为，宗族的期待会令他不得不向那道圣旨低头，忍痛休了她这个结发之妻。

她平静地等着这一天的到来，不惧怕、不担忧，无论如何她不能怪七郎，他有他的身不由己。

二嫂带了些新鲜的瓜果前来探望她，说日后如若遇上难处，可以找二嫂。她莫名其妙地问了二嫂一句："你后悔吗，后悔嫁进王家吗？"

那个才华横溢的女子只是回以一笑，并未作答。

当晚，形容憔悴的七郎给了她休书，长叹一声："终究我还是辜负了你！"

他要她陪他喝最后一次酒，他喝得酩酊大醉，脸红得不可思议，嘴里念叨着："表姐，你看我这个字写得好不好？好不好？"

他抓住她的袖子，半天不肯撒手，求她一个答案。

"好。"

他听到她这一声夸奖才放下手，迷迷糊糊睡了过去。

十里红妆，公主下嫁，他一瘸一拐地迎娶公主，路上的百姓都说，王氏七郎成了尊贵无双的驸马郎，加官晋爵是迟早的事。

她被伯父接回了郗家，望着后花园里盛开的芙蕖，不禁泪如雨水，那一年，他风华正茂，英俊无双，经历重重考验娶了她，挑开盖头时，他长吁了一口气："娶新娘子真是历经九九八十一难，幸好最后抱得美人归啊。"

他的人生，从此与她无关。

伯父问过她是否想要再嫁，她摇了摇头。郗家素有名望，她再嫁不是件难事，只是已经失去了期待，谁也无法预料下一段姻缘是否圆满。二嫂与二哥那段婚姻看似风光无限，其实哀怨满满，她不想耽误别人，也懒得尝试。

她说好了不怪他，其实心里还是有些难受。他不想娶当朝公主并不是毫无办法，只是在滔天权势、家族名望面前低了头。如果他放弃名利，陪她远走高飞未尝不可，他到底是少了那份勇气，也没有那样的情深似海。

春雨绵绵，湖子里的水漫上了岸，她站在院子里任雨水打湿衣裳，丫鬟打上了一把伞，连连唤她："小姐回屋吧，这雨打湿了衣裳，对身子不利啊。"

她静默良久，一言未发地回了房。

她想起他小时候日日练字，希望有朝一日能够超越他的父亲王羲之，成为赫赫有名的书法大家。那时候他还追问姑父，再练个两三年是不是就能和他一般。姑父摸了摸胡须，笑而未答。姑姑说，怕是远着呢，慢慢来。姑父这才缓缓开口："将那窗外的十八口大水缸里的水都写完，应该差不多了。"

年纪小小的他开始日日练字，旁的小孩玩耍他视而不见，一心只想练好字，一笔一画、一字一句分外认真。她去找他玩耍，一不小心推了他，墨汁掉在宣纸上，在他写的字上开了花，她有些愧疚，连连说："对不起。"他却丝毫不介意，在那花的字上画了一头栩栩如生的牛，逗乐了她。

如今他身为中书令，位高权重，已经不再是当年身着白衣、风度翩翩的少年郎。

他身边有了宠爱的侍妾，娇艳如花，他曾为她写诗："桃叶映红花，无风自婀娜。春花映何限，感郎独采我。"那是怎样一个女子，竟得他如此爱重。他还记得青梅竹马的她吗？

怕是已经忘却了吧，美人在侧，她这个被休的女子早已成过眼云烟。他甚至有了可爱的小女儿，起名"神爱"，充满爱意的名字，定然是娇娇俏俏，放在心尖上疼。他还记得他有过一个早夭的女儿玉润，每天都会喊他好几百次爹爹吗？

那年她刚刚怀孕，见到汤药就转过身去，十分抗拒，他就像哄小女儿一样哄她喝药，旁边伺候的丫鬟都纷纷笑弯了腰。

荻花瑟瑟，晚风急急，王徽之来寻她，说，七郎死了。

她愣了愣，半晌不出声，良久，哦了一声。

王徽之说，七郎死前说"不觉有余事，唯忆与郗家离婚"。

王徽之说，七郎真的不是喜好功名之人，他如果不休她，公主、皇帝、王氏家族为了事态顺利发展，也会私下了结了她。

王徽之说，那《桃叶歌》从来就不是写给别人的，七郎压抑至极，苦闷不已，只能从桃叶身上得到片刻纾解，七郎从未辜负过她。

王徽之急急地说着，她默默地听着。

也许，他真的没有想过辜负她，但在种种形势之下他还是负了当年花前月下的句句诺言。

大雪纷飞，她站在柳树下，头发沾上了白雪。她记得初相见时，也是这个季节，她看着身穿紫色衣裳站在姑父身后好奇地打量着她的他，热情地说："你定是王家七郎吧？我是郗道茂。"

苏蕙：
春情只到梨花薄

苏蕙，字若兰，魏晋三大才女之一，嫁与窦滔为妻。初时夫妻情深，后窦滔宠爱歌姬，夫妻生出嫌隙，苏蕙含泪作《璇玑图》寄与窦滔，窦滔看后悔恨不已，二人和好如初。

◆ ◆ ◆

多情总被无情恼。

城门外的海誓山盟，如今皆已沦为一桩笑料。人心难测，男人心最是柔软，一经撩拨就投入温柔乡，忘记家中结发妻子和一双儿女。

气候寒冷，黄沙漫漫，她本以为他在那里生活定然艰辛不堪，常常委托人脉宽广的父亲派可靠的人送些厚实的冬衣给他，请当地的人多多关照。

家书连续不断地写，句句饱含思念，叮咛复叮咛，她生怕他被发配在那苦寒之地潦倒失意，再无拼搏奋斗之心。

春去秋来，只会咿咿呀呀玩口水的女儿也开始哇哇哇地问："爹爹何时回家？爹爹长什么样子？是不是有长长的胡子，像外公那样？"

女儿粉雕玉琢，煞是可爱，那长长的睫毛浓密卷翘，像极了夫君。

他的回信时断时续，起先是好几张纸都写不完，满纸都是思念、愧疚，还颇为轻松地说起当地的民俗风情，说虽然地方偏僻，物资匮乏，但好在当地人憨厚老实，民风淳朴。

他会问，儿子《诗经》学到哪一章了？女儿又长高了多少？是快要赶上她房间门外那棵玫瑰花？还是他书房外那棵营养不良迟迟未见生长的桂花树？

他的每封信她都要读上好几遍，还要拿纸笔誊抄下来，精细保管。她读他的信时像个待字闺中不小心多看了一眼翩翩君子的小女儿郎，害羞得脸颊粉滋滋的，像吃了蜜糖，甜进心窝。

慢慢地，他的回信越来越少，篇幅越来越短。她以为他定是碰上了焦头烂额的事急于处理，所以才那样漫不经心，敷衍了事。她在家里为他担忧得寝食难安，甚至想带着一双儿女去寻他，站在他身边，为他出谋划策，帮他走出难关。

父亲给她带来的消息却将她打击得体无完肤，心里一下子什么都轰然倒塌了。父亲来到窦府，愤怒地告诉她，他的好女婿、她的好夫君在那边喜欢上了一个年轻歌姬，她歌喉婉转，声声温柔，催人陷入其中，那眉眼流转间，皆是风情，她的夫君被勾了魂，日日同她寻欢作乐，好不快活，人尽皆知。

为官一生的父亲说要找人好好教训那等不知廉耻的女子，居然厚颜无耻到勾引有妇之夫。她冷笑了一声，女子再魅惑，他若不动心，又能如何?

　　她的夫君终究在那清苦之地耐不住寂寞，稍有姿色的女子一个媚眼就已俘获他的心，让他全然忘记在家中日日盼他归来的妻子以及一日三次追问着爹爹何时回来的儿女。

　　他此番怕是已经乐不思蜀，归期难测。

　　她劝下了愤怒的父亲，说一切她自有打算。父亲叹了口气，喝了几杯茶，怜爱地看着她，像小时候一样，慈爱地说："若兰，你不要一个人撑着，有爹爹在呢。"

　　父亲像参天大树一样，这些年一直为她遮风避雨，关爱她、疼爱她，从未因为她是女儿身就轻视她，为她请最好的教书先生教她读书写字，为她请最好的绣娘教她织锦绣花。

　　那个可以一双手将她高高举起的父亲，如今已然两鬓斑白，还要为她的事操碎了心，可怜天下父母心，她何其不孝啊。

　　她安抚了父亲，快步回房，将放在柜子最深处的匣子拿了出来，里面是一沓一沓的信。她点了火，将信一张张撕毁、烧掉。

　　丫鬟说："夫人，这可是老爷……"她向来将这些信件视若至宝，不许旁人触碰一下，今日却亲手将其烧毁。

　　此一时彼一时，窦滔既然伤了她的心，她何必再将真情与假意混杂的信件当成宝贝供着?

　　纸在火里化成了灰，燃起的烟熏得她泪眼蒙眬，双眼酸酸涩涩。

　　她正低头伤神间，女儿迈着小短腿跑了进来，小丫头抱着她的身子撒娇道："娘，外公是不是带来了爹爹的好消息，爹爹要回来了?"小丫头圆滚滚的身子挤到了她怀里，笑得那样明媚。

她收起情绪，压下心酸，哄着女儿："等你能看懂《诗经》，爹爹就回来了。"

"哦，那我赶紧去看，这样爹爹就能马上回来了。"小丫头圆滚滚的身子又迅速从她身上滑开，险些摔倒，一溜烟跑了出去，边跑边大喊着，"哥哥快教我读！"

后面的丫鬟跟着跑，担忧地喊着："小姐慢一点，小心滑倒了。"

君问归期未有期。她的夫君不知何时会归家，归家之际不知是否会带上一双儿女和一个二八年华的娇艳女子，不知他是否会牵着那个女子的手朝她介绍："以后咱们就是一家人了。"不知那娇艳的女子是否会柔柔道："妹妹定当听姐姐吩咐。"

光是想想那场景，她就心如刀割，不敢再往深处想，否则还未迎来那人，自己早已把自己逼疯。

她性情、样貌皆是上乘，面若芙蕖，蛾眉含春，行动处如弱柳扶风，虽然已是两个孩子的娘亲，但若是不梳上那妇人的发髻，比那未出阁的姑娘还显年小。

她三岁识字，五岁时就已经出口成章。来家中做客的长者听闻她有才，当即出题考验她，让她作诗一首，她思忖片刻，一首诗自口中而出，惊艳满堂客，那穿着官袍的男人对着父亲说："此女必成大器！"

她天资聪颖，智慧过人，家中长辈对她一致好评，父亲对她亦十分喜爱，请了当地有名的丹青手教她画画。她耐得住性子，一画就是几个时辰，师父却不苟言笑，从未夸过她。

但她偶然间听到父亲同母亲说，那师父性子就是如此，不责骂说明已经得到他的认可。

她画了家中长姐扑蝶的画像，后来长姐的婚姻大事，父亲就是拿的她画的那一幅画给男家相看的。

　　九岁时，母亲为她请了最好的绣娘。她开始学习绣花，一针一线慢慢磨砺，不辞辛苦，手上被针扎了好多次也丝毫不懈怠，绣得有模有样。后来她又学了织锦，更是得到一致好评。

　　她还未及笄，上门提亲的人家就络绎不绝，媒婆都快踏破门槛了。

　　父母之命，媒妁之言，这是那个时候女子的宿命，但她的父母格外开明，由她自己挑选。

　　她对那些男子都不大满意，有些身体太过孱弱，比女子尚且弱不禁风，实在没点男子汉大丈夫的气概。有些个男子，羽扇纶巾，衣带飘飘，出口成章，却太过卖弄文墨，未免俗气。她要嫁的人，应当文武双全，既能写一手锦绣文章，又能百步穿杨。

　　阿育王寺是她遇见窦滔的地方。她烧过香后，父亲去找寺中大师解签，她则带着丫鬟四处闲逛，淡淡的檀香味弥漫整座寺院，此处高低不平，可远远看见对面山坡上的情景。

　　忽然，她看见一男子在前方拿着弓箭奋力一射，飞鸟哀鸣一声，掉了下来，他的仆人前去将那飞鸟捡来，他擦了擦手，诗兴大发，吟了首即兴诗，神情怡然自得。

　　她拍了拍手，笑道："好诗。"

　　他是秦州刺史窦滔，文韬武略，不负其名。

　　她是蕙质兰心的才女苏蕙，才貌双全。

　　两人一见如故，一拍即合，一桩亲事便成了。

　　父亲哈哈大笑，说那寺庙求签灵验，刚刚求签，她就有了这送上门来的姻缘，日后定要常贡些香火钱，求菩萨保佑她家庭和睦，幸福美满。

两人是郎情妾意，许多话不用说，一个眼神、一个细微的动作，彼此已经懂得。不需要那么多言语，他们便已心有灵犀。世上求娶她的男子何其多，唯有他让她觉得满心欢喜，甘愿为他洗手做羹汤。

他买了些玫瑰花苗亲手种在门前，她喜欢玫瑰，玫瑰楚楚动人也带着刺，像她，外柔内刚。

"易得无价宝，难求有情郎。"她的姻缘没有挫折坎坷，顺遂得教人好生羡慕。

她常想着，待他们白发苍苍，子孙满堂，她还要他去摘一朵玫瑰送给她，博她微微一笑。

但愿望终究是愿望，她还是所托非人。

黯然神伤后，她痛定思痛，不眠不休地织了如怨如诉的文章，将这些年的痛苦、思念尽数织入其中，寄给了他。织完后，她就病倒了，卧床半个月，日日汤药不离。

她不知道他看到那些文章后作何感想。那回旋的文章，那无论从何处读都能成诗的字字句句，费尽心血，想来他能看懂。只是不知他看罢是随意放置一旁置之不理，还是任由新美人随意丢弃，嘴上还说着讥笑的话。

待到春暖花开之时，她便离开这窦府，寻一处百姓人家，将一双儿女好好抚养长大，再也不理会这些糟糕事。心不动则不痛，她要好生守着这颗千疮百孔的心。

窦滔来信了，足足十张，痛斥自己行为不端，悔恨自己亏欠了她，说已经将那如画美人送走，日后定然好好待她，绝不再犯，否则天打雷劈，死无葬身之地。

他忆起往昔他们执手相看月圆，一起在床榻上说着悄悄话，字迹有几处模糊，想是悔恨交加的泪水所致。

他说，想陪着儿女一起长大，看他们一个娶如花似玉的新媳妇，一个嫁温暖如玉的好郎君。

后来，窦滔重新被朝廷启用，任荆州刺史，驾着车马，亲自致歉，带着苏蕙和一双儿女前往荆州。身边丫鬟都乐坏了，说老爷和夫人终于和好如初，夫妻美满。

只有她知道，有些伤口一旦产生，任是世间名医亲自包扎，喝着金贵的汤药，伤口愈合结了痂，仍然其痒难耐。疤痕褪去，留下的痕迹纵然再小，也不复从前肌肤如雪、毫无伤疤的模样。

华胜

刘楚玉：
还君明珠双泪垂

刘楚玉，南朝山阴公主，其弟为昏庸皇帝刘子业。她嫁与何戢为妻，却毫不满足，只想寻欢作乐，曾觊觎过姑父褚渊，还在府中大肆豢养面首，淫乱无度，肆意妄为。后被宋明帝赐死。

◆ ◆ ◆

褚渊刚正不阿，仪态端庄，她想方设法靠近他，他却永远拒她于千里之外，日日同驸马何戢同吃同住，两人称兄道弟，喝酒谈事，好不快活。

当朝二位有名的男子，全住在她富丽堂皇的公主府，却没一个真心待她。

父皇为她起名刘楚玉，大概是希望她如三闾大夫一样有才，又如明玉一般尊贵无双。

她贵为公主，金枝玉叶，小时候看管她的嬷嬷不小心让她受了凉，父皇便下旨将这等粗心的嬷嬷打入了死牢。

她喜欢晶莹剔透的葡萄，父皇便差人从老远的地方运过来，听说一路累死了好几匹马。

后来父皇去世，她亲弟弟登上了皇位，更是对她这个姐姐尊重有加。

子业比她小上好几岁，他出生起，她有事没事就喜欢抱着这个白白嫩嫩的弟弟，逗他大笑，顽皮地在他额头上印上口水。后来长大了，姐弟俩也是一起吃喝玩乐，他为她带来偷偷出宫时在小街上买的栗子糖，看着她一口口吃下，非要她说几百次好吃才肯罢休，否则一天都缠着她。

驸马是父皇在的时候为她挑选的。当朝有两名德才兼备的美男子，一是南郡公主的丈夫，她的姑父，名曰褚渊；一是何戢，她的驸马，丰神俊朗，大有作为。

她素来喜好美男子，对于这门亲事再满意不过。

洞房夜红烛燃到天明，何戢对她客气有加，当时她就控制不住情绪爆发："你对本公主这么冷淡，是何居心？"

他冷冷淡淡地待她，请安、嘘寒问暖从不落下，驸马当得很好，唯独不爱他。旁人一听见她的身份，上前恭敬讨好尚且来不及，他倒是冷眼相待。

她一亲近何戢，他就故作姿态地说："公主要端庄些才好，人言可畏。"神色淡淡的好似在劝诫她。

可她是当朝公主，尊贵无比，谁敢在她背后乱嚼舌根？

贴身丫鬟说，不如去查查驸马。

这主意不错，她便派了人去查探消息。

原来何戡身上还有那样一段风流韵事，才子佳人，当真是好得很。

那样一个冷淡疏离的男子也有过年少轻狂。何戡曾误伤一个农家姑娘，那姑娘重伤昏迷不醒，何戡带她看病问药，温柔体贴。姑娘醒来后对他一见倾心，两人飞速坠入爱河，爱得轰轰烈烈。

故事的结局是少年郎与农家姑娘被人棒打鸳鸯，门不当户不对，一段山盟海誓的爱情惨淡收场。农家女远嫁他乡，何戡骑着一匹快马赶到农家，见到的是一对新人夫妻对拜。到处是红彤彤的景象，天边晚霞红得像血，明艳艳地晃花了他的眼。

她气极反笑，怒气冲冲地去了书房，何戡见她闯进来，眉头微微蹙了一下，转而消失不见。

"我刚刚听说了一段故事，堂堂何家公子和一个农家女爱得热火朝天，没想到人家另嫁他人，这何家公子失魂落魄，娶了公主，你说这故事精彩不精彩？"她开门见山，站在何戡面前似笑非笑，一双眼直直看着他，不肯错过他脸上的任何情绪。

他质疑、难以置信、愤怒，最后按住她的肩膀质问道："你把她怎么了？"

他前所未有地情绪失控，少了云淡风轻，少了敷衍了事。

"你觉得本公主会怎么样？"她反问。

何戡见她笑得张扬，夺门而出，不知去向。

他以为她会将他的旧情人杀害，还是打入天牢，抑或卖到妓院受尽苦楚？他从未相信过她，哪怕是一分一秒。

迎娶公主，于旁人而言是光宗耀祖的荣耀，于他却是无奈之举，因她素来名声不好，为人所诟病。

罢了，既然他如此讨厌她，她又何必守着他一人？爱好美男，是她兴致所在。

她去皇宫找了素来疼爱她的弟弟，说了一番乱七八糟的大道理，连她自己也不晓得为何一本正经地说出了那番话。

喝了口宫中的茶，她开口同正在吃葡萄的刘子业说："皇上，我们同根同源，一母所出，你有后宫佳丽三千，我却只有驸马一个，这实在太荒谬了，你说是不是该给我增加几个？"

刘子业吃着葡萄的嘴停了一下，他看了看她的神色，试探地问了句："驸马惹姐姐生气了？我会好好教训他！"

她摇摇头："与驸马无关，皇上知道，姐姐自小喜好美男子。"

出宫时，她站在宫墙外望了眼天上，湛蓝的天空中白云皎皎，阳光正好，照在人身上舒舒服服的。

刘子业虽然处理政务懈怠懒散，对于她的事却素来重视，当天三十名面首便送到她的公主府，个个相貌英俊。

何戢回府后，一言未发，没有咄咄逼人地质问，没有恼羞成怒，仿佛不在乎那些闲言碎语，不在意那些朝臣异样的眼光。

她沉迷其中，麻痹自己，终日与那些人寻欢作乐，不迈出公主府半步，喝酒赏花，听那些人身上曲折离奇的故事。

而他，未踏足她的房间半步。他终究是不在意她的，才能这样忍气吞声。

他照常上朝，参加宫廷宴会时就像什么都没发生似的，同她做好那套表面功夫。

宴席上人人看他略带同情、惋惜，看向她的目光则充满鄙夷，他还是什么都不在意，仿佛一切与他无关，不过是别人的事情。

府上开始有人嚼舌根，说她简直是个荡妇，放着这样好的驸马不好好相处，却同那些个美男子厮混，也亏得驸马脾气好，否则一纸休书，她早就成了下堂妇。

公主被休？她从未听过这等事，只有公主休了驸马。

她下令将嚼舌根的两个丫鬟掌嘴五十，再杖刑一百。他刚好从旁边路过，她故意说给他听，他却对她这等草菅人命的手段也恍若未闻，就这么走了过去，还说："公主近日气色看起来很好。"

这不是被他气出来的吗？

他那样一个人，除了爱得死去活来的女子，还有什么可以激怒他？

她眼睛滴溜一转又来了个新主意。褚渊是当朝最负盛名的男子，也是她名义上的姑父，同何戢一样性子淡淡的，却更加贤德有能。自古说文人相轻，那同样的人，他会愤怒不喜、气急败坏，进而嘲讽她吗？

她请皇上下旨让褚渊住进了公主府。正所谓君让臣死，臣不得不死，褚渊是个忠臣，收拾行李，搬进了公主府。

仪表堂堂的褚渊，满腹才华的褚渊，威风八面的褚渊，像他又不像他。如果说何戢给人带来冷情之感，褚渊则让人感觉危险，一种隐匿在温和下的危险，具体是什么，她也说不上来，大概是女子的直觉。

她请来褚渊陪她赏花下棋，褚渊每次话都不多，唯有她问，他才答，眼神中看不到对她的鄙夷，只有恭敬和平淡。

有一回，她故意在何戢书房外大声同褚渊说话，让褚渊以后就待在公主府好好服侍她，保证加官晋爵。褚渊微睨她一眼，加重了声音，说如果她非要那样做，那他唯有一死了之。

偌大的公主府修建得气派堂皇，庭院小池处处皆是风景，奇珍异草无数，长廊上的帷帐都是上好的南边运过来的料子，她穿着一身红色衣裳，迎风而立。

早些年她养了条白白胖胖的狗，如今生了好几个狗崽，瘦了好多，看到她依然兴奋地跑过来。

这狗以前也是如此，每回见到她都兴奋不已，撒娇地在她脚边跑来跑去，嘴里发出嗯嗯的声音，非要她哄着抱着才肯乖乖的。那时她总觉得这狗太过烦人，如今想来，那狗爱她至极。

瞧，狗都比她幸福圆满。

不知何时，褚渊站在了她身后。

"怎么褚大人改变主意，愿意做我公主府的面首了？"她没有心情，不想好好说话。

褚渊叹了口气："公主何苦如此。"

这世上最可悲的便是求而不得，她平日要风得风，要雨得雨，可是使尽千方百计，何戬都无动于衷。

朝堂上暗潮汹涌，皇宫里亦风起云涌，何戬去外办差时，她便在房中弹琴，琴声悠悠扬扬，婉转轻柔，带着点哀怨。

忽而，琴弦断了，一曲未成。

这是刘子业送给她的琴，世上只此一把。她开始有些心绪不宁，总觉得有什么大事要发生。果不其然，傍晚时分，管家说，她叔叔将子业杀死了。

那是她从小看着长大的弟弟，顽皮任性、霸道无礼，就像个永远长不大的孩子，对别人嚣张跋扈，对她却从来言听计从，居然就这么惨死在亲叔叔的刀下。

她站不住脚，差点瘫倒在地，幸好丫鬟及时扶住了她。

深夜，她辗转难眠，哭湿了枕头，她知道自己也活不久了。

子业已死，叔叔定然想要斩草除根，自古皇权路上，都是染满鲜血的。

那就由她为何戢做最后一桩事吧，算是成全他的心愿。她派人去将农家女的夫君杀死，将农家女接进了公主府，替他收入房中。那女子肌肤胜雪，纵然比不上她这个皇家第一美女，却也小家碧玉，有一番姿色。

赐死的旨意来得那样快，令她措手不及，一尺白绫便是她最后的结局。太监问她，可有话要留给驸马？

她摇了摇头："无。"

周围的小宫女窃窃私语，说她荒淫无度，死有余辜。

她没有见到他最后一面，却留给他永生摆脱不掉的记忆。

一个活人是争不过一个死人的。

何戢将一生活在愧疚、感激、叹息等各种复杂的感情中，每当他见到农家女那如花似玉的容颜时，他便会想起刘楚玉死的那日有多么决绝，一句话都未留给他。

"何戢，你看，你最后还是输给了我。"她在心底对他说了最后一句话，缓缓地闭上了眼睛，一如她刚来到这世上时一样，不吵不闹。

片刻后，太监喊着："会稽长公主刘楚玉薨。"

声音尖细刺耳。

冯润，北魏孝文帝的第二任皇后。初为贵人，因咯血之症被移出皇宫。冯太后死后，孝文帝废原皇后，封冯润为后，然冯氏水性杨花，与人私通，孝文帝大怒。孝文帝死前留下遗诏，将冯氏赐死。

◆　◆　◆

她进门前一夜，母亲千叮万嘱："在宫中一切要听从太皇太后安排。"

父亲语重心长地嘱咐她们姐妹二人，宫中不比家中，定要谨小慎微，侍奉好皇帝，最重要的是对太皇太后忠心耿耿，切不可生出二心。

茶水冒着白汽，飘飘摇摇，姐妹二人点头，浑浊间看不清方向。

太皇太后冯氏，也就是她嫡亲的姑母，此次为皇帝选妃，父亲便将她们姐妹报上名去。

她性子活泼明艳，喜好诗书赛马；妹妹性子内敛端庄，爱好赏花喝茶。父亲颇为担忧，生怕她在宫中一时心直口快惹怒姑母，叫妹妹好生看着她。

妹妹看着姐姐，什么破道理，小时候看汉人书中都说长姐如母，哪有姐姐还听妹妹教训的道理，况且妹妹好生无趣，平时她就不喜欢与之玩耍。

皇宫里危机重重，看似风平浪静，实则风起云涌。

皇帝拓跋宏是由太皇太后一手抚养长大。拓跋宏刚刚被立为太子，其母李美人就被赐死，因为恐"少子壮母"，将来权势滔天。

她的姑母，堂堂太皇太后，则开始把持朝政，处理君国大事。

"立子杀母"是开国皇帝定下的规矩，然而姑母还是成了人上人，说一不二，就连皇帝都不能违抗她。那先帝拓跋弘晓得斗不过姑母，退位为太上皇，却因为发现姑母私通之事而暴毙。个中缘由，天下心知肚明。

拓跋宏也是个有名无实的傀儡皇帝，年纪轻轻，丧父丧母，抚养他长大的姑母偏偏又爱折腾他，常常不给他饭吃，甚至动辄打骂。

养育之恩、杀父之仇，加上渴望权势之心，想来拓跋宏对这位外祖母也是感情复杂。

她不喜欢姑母那套做派，妇人干政治理天下，实在是荒谬。早年她在街市上看花灯时，那讲故事的先生就将吕后干政那段历史讲得妙趣横生。

她不明白这些女人为了权力怎能如此心狠手辣，人终有一死，权力终究会落于旁人，何必争这虚妄的东西，安居后宫，管教美人三千，不好吗？

唯一庆幸的是，姑母将天下治理得很好，百姓安居乐业，一片繁华景象，姑母还同她一样喜欢博大精深的汉文化，崇尚儒家之道，讲究诗书礼仪。

有一回她在街上看见一个汉人姑娘，罗裙着身，走路间风姿摇曳，心生向往，哭着闹着要母亲为她做一件，母亲严厉地拒绝了。

罢了罢了，终有一日她要光明正大地穿那些好看的衣裳，接受所有人的目光。

她与妹妹被送入宫，皇帝为她们这些新入宫的女子赏赐了住所，她打量了一圈，这次选秀有好些个汉人姑娘，身姿婀娜、面若芙蕖，让她好生羡慕。不过那些姑娘言行举止略带羞涩，不敢抬头看皇上一眼，只有她光明正大地同皇帝对视。

拓跋宏面目清秀，身材颀长，温温和和，还问她喜欢什么，她直接说出：“我喜欢汉人衣裳，还有汉人博大精深的文化！”

拓跋宏微微一愣，凝视她许久，低沉的男声才缓缓而出：“冯家女竟然如此有见识，到底是太皇太后教育得好，竟同我志同道合。”

她成了风光无限的冯贵人，拓跋宏常常来她的宫殿和她说话，还赏她好吃的菜肴，每次她都吃得畅快淋漓，欢快不已。拓跋宏见她神色愉悦，告诉她那是著名的汉菜，她想也不想就开口道：“真想天天吃这样的菜肴，再穿那些漂亮的衣裳。”

拓跋宏淡淡地笑了，搂着她，轻抚她的背：“会有这样一天的。”

姑母对她不太亲厚，端着一副太皇太后的架势，淡淡地训诫众嫔妃，训诫完了，太皇太后单独留下了她，跟她说了好长一段绕弯子的话。

话中意思是：她是冯家女儿，应该知道自己的立场，不要因为皇上一时宠幸就陷入进去，万劫不复。

太后之言她很是不喜，不过还是碍于尊卑点了点头。

拓跋宏从未在她面前说过太皇太后半句不是，他只会执起她的手教她写字画画，一笔一画都让她心花怒放。男子温厚的气息喷薄在她耳边，弄得她有种说不出来的感觉，痒痒的，如吃了蜂蜜。自她入宫以来，他极少去别的妃嫔那里，基本都是宿在她的殿内。

她听着他的雄心壮志，改革鲜卑陋习，取汉文化之精华，让北魏上下着汉服，说汉话，改姓氏，提倡通婚，最好还能迁都。他拥着她，大手包裹着她冰凉的小手问她，觉得哪处好。她思忖片刻，答："洛阳。"

洛阳牡丹名扬天下，况且地处中原之地，气候宜人，交通便利，都城阜盛，简直是不二之选。拓跋宏低低笑出声："我同润儿想法如出一辙。"这样的夫君她还监视什么？

帝王之爱，如此温温和和，不是强取豪夺，不是威逼利诱，而是两情相悦、心心相印，她的想法他也应和。

朝堂事宜由姑母把持，拓跋宏便有大把大把的时间陪她下棋赏花，她对围棋从一窍不通到偶尔也能侥幸胜他，都是他一点点亲自教学示范。她每回都执白子，因为白子纯净无瑕，黑子看着太过阴郁，她不喜。

若不是睡醒听见他和彭城公主的那一番话，她当真觉得他爱极了她。

彭城公主说："你如此宠爱冯润，忘记你身上的重担了吗？她可是太皇太后的亲侄女啊！"

那公主似是极其恼怒，声音有些尖锐，令她被吵醒。

"我自然知晓，宠爱她不过是为了迷惑那冯氏。"拓跋宏的声音不带一丝情绪，就这样和着冷风，刮进她心里。

百般柔情原来不过是温柔刃，一下一下捅进她的心窝，真情背后藏匿的原来是阴谋诡计。

她犯了咯血之症，太医开了好些汤药，说若是要痊愈，定要去宫外风景秀丽处好生养着。拓跋宏每天都来看望她，握着她的手，眼里写满疼惜："润儿……"

一声一声，她听着只觉麻木，再无当时的欢快。

姑母将她移到了宫外休养。百花盛开，万物复苏的春季伊始，宫中万象更新，她裹着厚厚的披风，乘着一辆马车出了宫。马车渐渐远去，扬起一地灰尘，她看着远去的城楼，不带一丝留恋。

感情这东西太过当真便会万劫不复，她此生再也不想触碰。谁也不晓得甜言蜜语背后是天罗地网还是万丈深渊。

在那别院，她一住就是三年，病早已痊愈，她还自己缝制了件汉人的衣裳穿着散散步、赏赏花。

太皇太后薨，举国同悲，拓跋宏成了名副其实的皇上，他遵太皇太后遗旨，立冯家嫡长女冯清为后，母仪天下。

夕阳西下，她看着太阳渐渐沉下，恍然明白了姑母的心思。姑母是对的，爱情太过虚幻，不过是一场镜花水月，唯有权势是实的，紧握在手，便无人可以伤害。

同年，一辆华贵的马车和一队人马气势浩荡地将她接回了宫，她被封为"左昭仪"，地位仅次于皇后。

拓跋宏当晚驾临她的寝宫，将她从头发丝到脚底——细看，良久才道："你受苦了。"他说他想她想得肝肠寸断，每到月圆之夜，宫中欢庆一堂，他就会不由自主想起她，怕她受苦受累，怕她吃不饱穿不暖。

她回抱他的手有些僵硬，低低答道："臣妾不苦，有皇上常派人来赏赐那么多好东西，臣妾开心得紧。"

拓跋宏将所有的宠爱都给了她，也许是补偿，也许是做戏做太久自己真的陷入其中，她不得而知，也不想知道。如今她只想走上姑母那条路，权势滔天，手握生杀大权。

中宫高菩萨是她的第二个男人，那人仿佛能读懂她内心的寂寞无助。这宫中太多人谄媚讨好、势利行事，唯有高菩萨，句句真言，从不将她看作不能得罪的主子，只当作一个平常女子待之。

她寂寞太久，心灰意懒太长，高菩萨的一言一语抚平了她的一道道伤疤。

奈何纸包不住火，宫中流言四起，拓跋宏终究知晓，他青筋暴起，来到她的宫殿，刚要质问，她就双眼蒙眬："皇上，当日您和彭城公主所言，我全部听到，现下您待我如珍宝，无形中我早已树敌无数，流言蜚语不过是想让我冯润死，既然皇上从前因为太皇太后待我好，如今太皇太后已死，想来我活着已没任何意义，如果皇上执意要赐死我，那就动手吧。"

拓跋宏脸上一阵青一阵白，怒气冲冲化作满腔愧疚，他吻去她的眼泪，紧紧抱住她，像是要将其嵌进骨肉里："一开始我确实是做戏成分居多，但润儿，后来我是真的喜欢你，挣扎过、迟疑过，等你被送往别宫，我才懂得自己的心。"

谁也没想到，皇上无一句斥责，反而越发宠爱她。

冯清前来奚落她，说她这样不守妇道，迟早被赐死。

这冯清一副高傲做派，她素来瞧着不喜，不过是仗着冯家嫡女的身份才被立为皇后罢了，行事严肃，讲究规矩，常常和拓跋宏对着干，拓跋宏要改革，她偏偏死活闹着不肯穿汉人衣裳，简直是个蠢妇。

拓跋宏推行改革，雷厉风行，冯清身为后宫表率却不作为，最终得到一旨废后诏书。冯清出家为尼，成了寺庙里的小尼姑。亲儿子坚决反对，拓跋宏却大义灭亲，将亲儿子杀死。

拓跋宏力排众议执意立她为后，元恪成了她的儿子，侍奉她，对她恭恭敬敬。

这样一个清秀聪明的孩子，不知晓不晓得生母是被她杀害。

也许元恪略有耳闻，却选择隐忍不发；也许浑然不知，当真懵懂。这深宫里没有一个人是简单的，孩童也不容小觑。

在拓跋宏征战沙场的日子里，她还是和高菩萨待在一块儿，舒舒适适，如寻常夫妻一般。彭城公主丧夫住进宫中，对她这等行为有所耳闻，气冲冲地跑去战场告诉了拓跋宏。

重病的拓跋宏拖着孱弱的身子回到宫中，处死了高菩萨，在殿内面无表情地问她："你就是这样回报我的真心的？"

她冷笑："我将你看作执手一生之人时，你不过逢场作戏利用我，我心如死灰你才幡然醒悟。一开始我就不该信任你，也许跟着姑母一同对付你，我早就是太后了。元恪那样小，我也能垂帘听政，姑母都是对的，是我从前错了！"

拓跋宏长叹一声，再未多说一句话，走出了宫殿，泪水滴在青石板上。

男儿有泪不轻弹，他小时候受尽苦楚也从未流过一滴眼泪，他以为自己已是百毒不侵，却在感情里痛不欲生。

他开始征战四方麻痹自己，在病逝前下了此生最后一道圣旨，将宫妃尽数遣散，皇后冯润陪葬。

拓跋宏目光深深地望向远方。

洛阳城花落了。

生同床，死同衾。他一生的温暖柔情只给了她一人。

苏小小，南朝时歌伎，有"中国版茶花女"之称，与宰相之子阮郁都有过一段恋情。无奈红颜薄命，年纪轻轻便香消玉殒，葬于杭州西泠桥畔。历代文人曾为其写诗。

◆ ◆ ◆

她斜靠在软榻上，看着窗外的雨一滴一滴从天空飘落，潮湿了一地，青绿色的小草上沾着些水珠，被雨水打得摇摇晃晃，生机勃勃一片。

贾姨妈端了汤药过来："姑娘，大喜啊。"

"何喜之有？"贾姨妈将她扶起来，喂了几口汤药，脸上笑容更盛："那鲍仁金榜题名了，不日将往滑州任刺史，姑娘马上就快成为刺史夫人了，当真是菩萨保佑啊！"

苏小小微微嗯了一声，并未多言。

贾姨妈将屋里的窗子关上，替她盖好被子："姑娘好生歇着，姨妈去为你做好吃的。"鲍仁金榜题名，可喜可贺。那个酷似阮郁的男子，她第一眼见到就晓得此人非凡，即便身上的衣裳洗得发白，盘缠即将耗尽，清贫穷苦却掩盖不了一股气宇轩昂，此人绝非池中之物，日后必然在朝廷施展拳脚，展现非凡才干。

她用父母留下的资产资助他，起先他断然拒绝："大丈夫怎能接收女子施舍！"

男子的自尊心使他不能接受她的财物，她只得改口："日后高中之日，你全数归还便是，权当我暂借给你。"

他犹豫片刻，最后郑重地说："小小，若我金榜题名，必然八抬大轿将你娶回家。"他黝黑如潭的眸子里深情满满，神情自信笃定。

苏小小扑哧笑出了声，眉眼弯弯，睨着眼前一派端正的男子："你这是滴水之恩，当以后半生相报吗？我只听说过女子被英雄所救，无以为报，最后以身相许。鲍仁，你无须如此。"

她不需要他这样报恩，情感之事最为澄澈，夹杂金钱、利益，或是旁的东西就变了味，如那没有严实装好的瓜子，吹了风，就变了味。

鲍仁盯着她，一字一顿道："小小，我发誓，对你一片真心，绝不辜负。"

"好。"苏小小应了下来。鲍仁这等固执之辈，和他讲道理是讲不过的，他和阮郁面貌相似，身形相仿，读一样的圣贤书，性子却全然不同。鲍仁固执木讷，阮郁机敏灵活。

树叶挂于枝头，风吹雨打，抬头一望，看似毫无差别，实则无一片完全相同，颜色、形状、脉络，细微之处，均有差异。

当时她随意一瞥，被鲍仁的长相惊讶，以为他和阮郁是一样的，接触下来才发现全然不同。一个是宰相公子，金贵无双，自小锦衣玉食，十指不沾阳春水；一个清苦出身，凡事亲力亲为，除却读书还要侍奉家中双亲，懂事甚早，任重道远。

她在长亭送别了鲍仁，马儿远去，在黄土上留下一个一个印记，踪迹渐渐消失在视野中。

愿他金榜题名，实现人生抱负。

风起了，有些寒，苏小小咳了几声，又咳出血来，这已经是老毛病了。

她扶着丫鬟的手，慢吞吞地回到了房中，窈窕似柳的身姿柔弱纤瘦，苍白的面色即使涂了厚厚的胭脂也看得出来。

"姑娘，您身子虚弱，坐那油壁车才好啊。"

她已经好久没坐油壁车了，自从阮郁走后，她对油壁车越发反感，一见到就会想起那段露水姻缘，如烟花般灿烂炫目，一转眼却已成一场空。

她本是养在深闺的娇娇女，父母乃经商之辈，自小对她疼爱非常，请了教书先生教她读书写字，不求她有大作为，只希望她嫁一个有才之人，夫妻恩爱不疑。她没受过苦，也未曾挨过饿，吃穿用度皆是上好。

及笄那年，父母双双撒手归西，留下她一个人在这世上，唯有乳母贾姨妈陪着她。疼爱的双亲远去，她再也不能承欢膝下，也再没有人对她说："小小，多多给你买了个新鲜玩意，你看看好不好玩。"

她不懂经商理财，只能将家产全数变卖，换了银票。双亲为她留下一笔丰厚的遗产，足够她衣食无忧地度过这一生。日子还是和从前一样优渥，她住在小阁楼里，写诗会客，常常有青年才俊上门同她探讨诗文。

贾姨妈起先是不同意这样的，小女儿家的同男子太过交好，会惹人非议，于姑娘家的名声十分不利。小小却和她说："如今我已无双亲，写诗会友，自己择取夫婿岂不更好，若是尽信那媒婆之话，嫁了个纨绔子弟，将苏家家产全部败光才是得不偿失。"

久而久之，贾姨妈也觉得小小说得有道理，也就任她去："没想到小小虽然名为小小，心中有大志向呢！"

钱塘湖处好风光，堤上杨柳依依，芳草丛生，等着有缘的游客见到兴奋不已，念念不忘。那里有白沙堤，那里有纯洁的白鹅，随风微摆拂过水面荡起一圈一圈涟漪，不知迷了谁的眼。

她乘着油壁车，换上了新做的嫩黄色衣裳，要去钱塘湖赏赏大好风光。街市上人来人往，姑娘、少年郎们都趁着好风光出来踏青。一不小心，她的油壁车惊了他的青骢马，马儿受惊，将他摔倒在地，她一脸歉意地撩开帘子和刚从地上爬起的他对上了眼睛，四目相对，她心里如打鼓般跳得不同寻常，羞涩一笑后，放下了帘子。

就这样一眼误了终身。

那日的钱塘湖风光无限好，她却心不在焉，早早回去便同贾姨妈说了这事。

"姨妈，我好像遇见那个人了。"她神色羞赧，有着情窦初开的惴惴不安，渴望那人也与自己有同样的心思，又觉得这样的概率微乎其微。

姨妈也笑得乐呵呵的："老身终于盼来了这日啊，不知那是谁家公子？"

那是当朝宰相家的公子。翌日，那公子上门拜访，一身白衣谦谦如玉，逆光而站，他说，他是阮郁，当朝宰相之子，此番来钱塘湖办事。

惊了马的他，风度翩翩，失了心的她，沉迷其中，忘乎所以。她忘却了父母说的"门当户对"，陷入感情里无法自拔。

虽锦衣玉食，华服美锦，他却不是纨绔子弟，且文采超群，总能对上她的诗句。他带她游山玩水，她身子虚弱，还未走到半山腰就累得气喘吁吁，他便蹲下身子，背着她一步一步爬上了山。

她搂紧他的脖子，脸红扑扑的："阮郎累吗？"

阮郁擦了擦额上的汗水，神色舒畅："美人在背，哪有累可言？"上山下山的男子、姑娘纷纷侧目，看着一双璧人眼底全是浓情蜜意。

有一个结了婚的妇人带着一个可爱的孩童，瞧见他们两个如此，孩童也撒着娇对长着胡须的男人说："爹爹我也要你那样背着我。"

两人形影不离，心心相依，他出门办事也要将她带在身旁，向别人大方地介绍："这是我的未婚妻，苏小小。"一声声恭贺，令她羞弯了腰。

爱情是酒，喝得酩酊大醉的人常常分不清方向。他们都不约而同地忘记了，他不是普通富贵人家之子，他是当朝宰相家的公子，婚姻之事哪能凭着自己意愿决定，自古婚姻大事，父母之命媒妁之言。而她只是一个父母双亡，名声也不那么好的姑娘。

他擅自喊她娘子，说家父最喜欢有才情的女子，当朝宰相定然会喜欢她。

宰相终究知晓了他们的事，怒气冲冲，身居高位的人最会克制自己的情绪，用智慧、计谋让人心服口服，而不是派人将心不甘情不愿的阮郁从钱塘绑回来。

阮郁收到了一封家信，是母亲大人写给他的，说是祖母身体欠安，极为思念他。阮郁看过信后，心神不宁。小时候，宰相大人、宰相夫人事务繁忙，没有时间亲自抚养他，他是慈眉善目的祖母一手带大的，都是祖母为他亲试汤药，为他做衣束发。

阮郁同苏小小说了此事，收拾了行李，便骑着青骢马离去："小小，等祖母身体好了我亲自接你回宰相府，等我。"

她等得泪眼蒙眬，一天又一天过去，阮郁走时，花还是含苞待放，如今花已枯萎化作泥土，他还没有履行诺言，而是一去不复返，听说早已另娶高门长女。

平生不会相思，才会相思，便害相思。

一场相思病后，她的身体越发孱弱。她日日思念着那个早已另娶他人的阮郁，怨恨、愤怒、爱恋、怀念，百种情感交织，夜夜难安。

往昔种种柔情蜜意，今朝都成了一桩笑料。贾姨妈破口大骂，那阮郁不过是玩弄她的感情，真是知人知面不知心。她却宁愿相信她的阮郎是迫不得已，有苦难言。

她在这钱塘等着他，她相信潮起潮落终有一日会见着他。

上元节，放了花灯，一回头她就瞥见了一个熟悉的身影，脱口而出喊了一声："阮郎。"那人却一脸不解，回了一声："姑娘认错人了，我是赶考的书生鲍仁，不是姑娘所说的阮郎。"向来木讷的鲍仁，瞧着姑娘泪眼蒙眬，有意无意间放柔了声音。

待金榜题名，出任滑州刺史的鲍仁第二次来到繁华的钱塘，一心一意想要求娶那个才情颇高、娇小柔美的女子时，她已经病逝，小阁楼处处饰着白布，贾姨妈哭得不能自已，瞧见他便扑了上来："你来迟了啊！"

他扶棺痛哭，全然不顾一身官服的严肃形象，毫不顾忌地将他对她的满腔情意哭诉了出来，后来他在她墓前亲自立碑"钱塘苏小小之墓"。

生在西泠，死在西泠，葬在西泠，不负一生好山水。

她一直记得阮郁陪她游山玩水，背着她一步一步爬上高高的山顶，迎着风，大喊："阮郁此生定要娶苏小小为妻。"

钱塘湖的水，起起落落，杨柳依依，依然迷了万千痴男怨女的眼。

李娥姿：
人间无地著相思

李娥姿，北周武帝宇文邕的宠妃，其子登基为帝后，尊其为皇太后。后杨坚称帝，北周国亡，李娥姿出家为尼，与青灯古佛相伴。

◆ ◆ ◆

"不日我将迎娶突厥阿史那公主，但这后宫仍然由你掌管。"宇文邕深情地对她许诺，伸手夹了两块她喜欢的红烧鱼放进她碗里。

她愣了一下，吃了口鱼，细嚼慢咽："这恐怕于规矩不合，皇后才应当掌管后宫，母仪天下。"况且那阿史那是突厥可汗之女，身份尊贵，于国于家理应阿史那公主管理这后宫。

"娥姿是嫌麻烦想要趁机脱身，潇洒自在吗？"他故意歪曲她的意思，给她扣上懒惰散漫的罪名，眉头一皱，佯装生气，自顾自地吃着。

她夹了片肉末茄子放进他碗里，道出心中担忧："如果仍由臣妾掌管，怕是大周与突厥生出不必要的嫌隙，如今大周江山未稳，正是发展之际，事事小心为妙啊。帝后和谐，乃天下之福。"

"阿史那公主在突厥长大，对于大周文化一窍不通，语言习俗都需要好生学习，朕能给她的只有皇后之名那么多了，况且当日突厥悔婚，拿我大周当猴子耍吗！"

宇文邕一提起这件事就来气。他早早订下亲事，将正妻位置留给突厥公主，害得他不能自己做主娶喜欢的女子为妻就算了，偏偏突厥在北齐与大周间摇摆不定。

这一回，也是因为突厥人在边境突遭惨烈天气，狂风不止，雷声轰隆，突厥可汗恐是天神降罪，才打消了将阿史那公主送入北齐皇宫和亲的念头。

大周上下臣民无不对三番五次改变主意的突厥人心生厌烦，但碍于如今突厥实力强大、兵强马壮，只得平静接受，韬光养晦。

"说起来这阿史那公主比你小上八岁呢，我当年这个年纪的时候就被派过去当你的侍妾了。"

她比宇文邕大上八岁。当年战火连天，西魏兵破了都城，他们一家人流落到西魏，她因为姿色尚可，被宇文泰赏给了四子宇文邕。

那年，梨花飘落，满地梨花香，她战战兢兢地踏进他的府里，就遇上了恰巧要出门的他。她刚要行礼拜见这个比她小上好几岁的少年郎，他却停下了步子，先她一步开口说："你就是父亲赏给我的女人？"

"是。"

分明不过少年郎模样的他，却一副大人做派，神色端正，认真地审视着她，像是打量一个猎物般，比宇文泰的眼光还要严肃几分。

她就这样在他府里住了下来。

那个少年眉目英挺，常常外出不晓得去干什么，从没来见过她。他的几房侍妾她都见过，均姿色非凡，身姿窈窕，性子温顺，没有嚣张跋扈之辈，算是处得不错。

这寂寂时光，她常与那几个女人嗑嗑瓜子，说说这新鲜之事。她们都是战乱流亡被看中送进这府里的，父母兄弟，全部失去了消息，谈起时悲伤难掩，不知何时能再见到亲人。

她算是幸运的，在这府邸高墙明日命运虽未可知，但至少家人都还活得好好的，战乱年代，唯求保命，那些金银财宝，不过如此。

府里的厨子做的菜看色相不错，于她而言却有些难以接受。家乡的饭菜软软糯糯，清甜可口，这里的食物有些硬邦邦的，相对来说口味更重，第一次吃红烧鱼时，她眼泪都辣出来了。所以，得空她就在屋子门前做做家乡的小菜。

烟雾缭绕间，她被呛得咳了几声，一双男人的靴子突然出现在她眼前。

"你在做什么？"冷冷的男声从上方传来。

她放下扇炉火的扇子，起身行礼："我在做家乡的小菜。"她偷偷抬眼，他好像又长高了些，她挺直站起来大概只能到他的肩膀。

"菜快煳了。"宇文邕指着锅里的菜，同她说道。

她手忙脚乱地将那锅里的菜盛放在碗里，顿时香味扑鼻，这菜色相平平，味道却吸引人。

"这是肉末茄子？"他走到她身边，笃定地问。

见他身边未带一个仆人，也没有要走的意思，她试探性地问了句："大人要尝尝吗？"

156

一碗肉末茄子，一份南瓜汤，两个碗，他坐在她对面。

再寻常不过的小菜，他却吃得很是凝重："这味道和我小时候在李夫人家吃到的一样。"

她知道这段往事。听府里老嬷嬷说过，当年朝廷不稳，形式动荡不安，他小小年纪就远离生母，被送往宫外由李大人抚养，纵然李家上下待他很好，仍然填平不了他内心的伤痕。

旁人承欢膝下的年纪，他却寄人篱下，也是个可怜之人。李夫人祖上就在她的家乡，擅长做软糯可口的小菜点心，如今李夫人亡故，他吃着这相似的菜肴想起了童年的情景。

"如果大人想吃，可以来找我，我会做很多菜。"她不晓得怎么安慰他，见他喜欢这肉末茄子，只能如此安慰他。

宇文邕睨了她一眼，脸上含着若有若无的笑意："哦？你都会做些什么？"

她从六岁就开始跟着母亲学厨艺，洗菜、切菜、炒、煮、炸、煎，无一不能："糖醋排骨、梅花糕、叫花鸡、桂花莲子汤、五香豆、红烧豆腐……"简直太多了，数个三天三夜也许才说得清楚。满满的自信和骄傲写在她的脸上，厨艺是她最拿手的一样，比吹笛还要强上几分。

眼前的女子满身都是阳光的气息，让他无端想要靠近，他问她："你叫李什么姿？"他想不起来了，这府中女人好几个，他要读书办事，没将这些女人放在心上过。

"李娥姿，娥皇女英的娥，姿色的姿。"她缓缓开口。

"倒是个有趣的名字。"他念了几声。

娥皇女英哪，她的父母对她寄予厚望。

天气暖了，她就去凉亭做饭，厨子们晓得宇文邕常去她那儿后，每天都会送去许多新鲜的瓜果，他还派了几个奴婢协助她。她做了可口的酸梅汤，他练武后大汗淋漓，十分喜欢喝上几碗解渴。

天气严寒，寒风凛冽，她便在屋子里做驱寒的姜汤。他看她的目光越发温和，滚烫的汤冒着缠缠绕绕的白气，轻轻柔柔，好似棉花。

她用家乡软软糯糯的一道道菜看柔软了他的心。

同一个人用膳久了，自然而然离不开她。

八岁的年龄之差，他全然不在乎。一旦下定决心对一个人好，那么任是天兵天将也阻挡不了。

他知道她想念双亲，于是派人前去把他们接到了府里。他知道自己站在那里，他们一家人说话终究不方便，待着拘谨，便谎称有公事要办，留下他们一家人说说家常。

丫鬟前来禀告他，说她笑得很开心。

开心就好。他哄女人没什么经验，也不会甜言蜜语，只能木讷地去试探。师父、父亲夸奖他聪慧，他倒是觉得他在感情上就是个一窍不通的新手，遇事有着和年龄不符的沉着冷静，遇见她，却总是手足无措。

也唯有在她面前，他才像个少年郎，脾气不定，喜怒无常。

他父亲去世后，同父异母的哥哥即位，宇文护变得权势滔天，把持着朝政。他眉宇间尽是愁容，她安慰他，除去宇文护是迟早的事，如今不是时候，需要养精蓄锐，打消那老臣的怀疑。

她陪他走过许多个战战兢兢的春秋，看着他对那宇文护尊敬讨好，看着宇文护将皇帝毒死，却无能为力。

他在心力交瘁下登基为帝，睡在龙榻上他的心却久久难安："皇兄死得太凄惨，我一定要手刃宇文护那老贼。"

他在前朝周旋，事事以宇文护意见为上，她在后宫替他分忧。他的后位一开始就不属于她，也不是他能定夺，她身为后宫最尊贵的女人，一次次为他稳固后方，悉心将两个儿子抚养长大。

梨花开满枝头，她抱着小儿子，一字一顿地教他："父皇，父皇。"小儿子咿咿呀呀地跟着她喊："护……皇，护皇！"他远远地听见，哈哈大笑。

她人生中最忐忑不安的一天，是他决心杀宇文护那次。借着和太后一同畅饮为名，他把宇文护骗进了太后的宫殿，趁着宇文护放松之时，用锤子捶了宇文护，不料失手了。宇文护欲逃跑，幸好他弟弟及时出手，将那老贼杀死。

他只轻描淡写一句："终于太平了。"她心中却七上八下好几天，那种凶险万分、千钧一发的时刻，任何一个误差都可能葬送他的生命。

他终于成了名副其实的皇帝，不用再缩手缩脚担心乱臣贼子，可以放心大胆施展拳脚，治理这如锦江山。

她为他穿戴整齐，送他到宫殿门口，看着他坐上轿辇亲自去城门口迎接阿史那公主。日后那个女人可以光明正大地站在他身旁，与他并肩而立，未来还可以与他合葬在帝王陵墓，生死不离。

没有女人不羡慕，没有女人不嫉妒，她率领六宫嫔妃去拜见阿史那皇后时，那个娇小的女人一点也不像传说中突厥女人虎背熊腰的模样，盈盈一双美眸，肌肤胜雪。

阿史那皇后说："本宫初来大周，都不熟悉，一切事宜就劳烦姐姐打理。"没有一丝不情愿，洒脱自然，言行举止中有着些许僵硬，但已经算是学得很不错。

一样的深宫女人，她独得宇文邕宠爱，两人心心相印，恩爱如初。而阿史那公主背井离乡，衣食住行全部要从头学起，那样一个如花似玉的姑娘，因为和亲之名，来到这全然陌生的国土，从黄昏到黎明，再从黎明到黄昏，始终一个人，穿着繁重华贵的衣裳，走遍后宫一片片青石板。

宇文邕说，太子之位只会留给他与她的孩子，日后他死了，她就是太后，无人敢欺负她一分一毫。

她捂住他的嘴："别说这些不吉利的话，今天我给你和皇后都做了肉末茄子。"

"娥姿，阿史那一来失宠的是朕啊。"宇文邕很不高兴，蹙着眉头。

"你乱说些什么！"

王铎之妻:

欲把相思说似谁

王铎之妻,唐朝人,其夫王铎为唐朝宰相,王铎曾镇压黄巢军起义,不怕敌军,偏偏惧内。只因妻子太凶悍,王铎常常闻之如临大敌。

◆ ◆ ◆

"你府上的人太无用了,连你的小妾都保护不好,要不是有本姑娘,你今天就等着哭吧!"她手拿着剑,将王铎人比花娇的小妾推进了他怀里,脸上写满了鄙夷。

看门的仆人也是第一次见到这样嚣张的姑娘,一把剑,一个人,脸上写着来者不善。这姑娘气势汹汹地带着大人的侍妾来到府邸,还扬言要大人亲自出来迎接,听听她的教导。

年迈的管家瞧她架势很足,也不敢直接撵人,万一得罪了哪个大户人家的千金小姐或者是权臣外戚家的姑娘,那可就吃不了兜着走了。管家稍加安抚,便匆匆进府请了大人出来。

王铎走南闯北，为官数年，见识过泼辣无礼硬是宿在府门口不肯离去的妇人，也遇到过莫名其妙指着他的鼻子破口大骂的疯婆子，可这女人明眸皓齿，拿着一把剑，扶着他战战兢兢的小妾，义正词严地教育他要好好训练府中侍卫这事，他还真是第一回碰见。

这个明眸皓齿的姑娘穿着一身橙色的交领襦裙，款式简单，发髻不是妇人髻，是个未出阁的女子。若不是手上一把长剑，还真像是个手无缚鸡之力的文弱女子。

"敢问姑娘，令尊是？"王铎试探性地询问，盯着面前眉头蹙起的女子，上下审视。

令尊和他有什么关系？"怎么，你要求娶本姑娘？"这身居要位的人怎么就都爱顾左右而言他呢，跟她扯东扯西，和她爹一个德行。

"姑娘，你……"白发苍苍的管家大人也是听不下去了，他们家大人风流倜傥、文武双全，哪有这样被人呛的时候，这姑娘实在无理至极。

王铎用手示意管家闭嘴："姑娘年纪轻轻，如此正义，本官倒想知道令尊是哪位大人，将姑娘教得这样好，改日亲自登门拜访。"

她被这番话堵得不知说什么是好，摆摆手，谦虚道："那不用了，大人知错就改，善莫大焉，我还有事先走了。"

她转身离开，未有丝毫停留，生怕王铎继续打探。这开玩笑倒没事，万一真登门拜访，那个严厉正气的老爹估计又会把她关在房里，十天半个月不让她出门。

王铎站在府门口，看着那身影渐渐远去，消失在人群中。

"管家。"王铎给管家一个只可意会不可言传的表情，管家立马懂了，急忙召集几个手脚利索的侍卫去打探刚刚那位姑娘的底细。

据说这陈家有二女，一女琴棋书画样样精通，大家闺秀的做派。大女儿还未及笄提亲的人就络绎不绝，人选之多，愁坏了陈老爷，后来千挑万选，择了个好夫婿将大女儿嫁了出去。陈家大女儿出嫁当日，不知多少公子心碎了一地，捡都捡不起来。

有婆子说："那大女儿嫁了，不是还有二女儿吗？都是陈家女差不多嘛，娶小的那个还是有机会的。"

此言差矣。青衫男子摇摇头，一副苦大仇深的模样："大娘你有所不知啊，这可差远了，差之千里啊！"

陈家大女儿婚事挑花了眼，愁坏了陈家上下。而陈家二女儿嚣张跋扈、生性蛮横，从小就多次被陈老爷责罚，依旧我行我素。这不，及笄了都无人上门提亲，陈老爷急得像热锅上的蚂蚁，头发都白了一大片，奈何二女儿素来嚣张蛮横名声在外，谁家公子敢娶啊？娶回家就是个母老虎啊，能文能武，说不定惹她不快，就被她一刀砍死，一命呜呼。在美貌与性命之间，还是保命要紧。

陈家府邸里，陈夫人叹气地看着这个又不知道从哪里跑回来的二女儿："南园啊，你可学学你姐姐，不要再这样任性下去了，你总不能一辈子待在爹娘身边吧。"

哼哼哼，她就是不喜欢学那些贤良淑德的大道理，所有闺阁女子都被训练得端庄贤淑，为夫纳妾，伺候公婆，有什么意思。

"娘，我最羡慕房玄龄宰相的妻子卢氏了，太宗要她在毒药和为丈夫纳妾之间二选一，她毫不犹豫地拿起那名为毒酒实则是醋的杯子，一饮而尽，从此太宗也无可奈何。卢氏善妒，可房宰相终其一身也只有卢

163

夫人一位妻子，我也要学那卢氏，妻妾之争，想着就恶心。"

陈夫人愁容更胜几分："南园啊，你看娘不也和那些小妾相处得不错吗，也不晓得你怎么就这副性子，要改啊。女子善妒乃犯了七出啊。"

她更加听不下去了，站起来道："娘，你为我起名南园，不也是南园遗爱的典故吗，卢夫人、房宰相为二儿子起名遗爱，您为我起名南园，不就是希望我日后同夫君执手偕老吗？"

"这纳妾和夫妻情深并不冲突。"陈夫人又开始絮絮叨叨，陈南园听着头疼，寻了个借口去花园散步了。

感情之事委曲求全，始终不是上策。她理想中的夫君是同房宰相一样、足智多谋、学富五车，对待妻子百依百顺，从不纳妾，从不去青楼喝花酒。

世人都说卢夫人善妒，不许房宰相纳妾，她瞧着那房宰相心中定然也只容得下卢夫人一人而已，否则单单一出善妒就足够休了她。

爱情里从来都是一个愿打一个愿挨。

像王铎那种人，长得是有模有样的，却连自己的侍妾都保护不好，难怪年纪一大把还没有正妻。谁愿意嫁他啊？

不日，她要去那寺庙里求求姻缘，听说很灵验，上回姐姐也是在那寺庙中许了心愿，第三日就碰见那有情郎，两人坠入爱河，如今已经生下两个大胖娃子。

她虽然任性了一些、凶悍了一些，也还是期待姻缘来袭，弄得她措手不及的。

她在寺庙里悠悠闲闲地住了几日，粗茶淡饭，檀香袅袅，木鱼声断断续续，心下倒也宁静了几分。

过了几日，她便收拾行李，下山回家。一回到家，她就被吓得大惊失色。

"什么，爹为我定下了亲事？太荒谬了！"她嘴巴张得老大，不过离家几日终身就被定下了，要是再多些时日，怕是以后她孩子的娃娃亲都给结了。

陈夫人这会儿笑得合不拢嘴，帕子一挥："胡说什么！还是对方上门提的亲呢，礼品备得很足，还说你是个招人疼爱的姑娘。你说，你是不是背着爹娘和人偷偷好上的？"陈夫人看向她的眼神充满了戏谑。

这就更让她丈二和尚摸不着头脑了："是谁啊？不会是个纨绔子弟吧！"那她非打得那人屁股开花。

"是司徒王铎，那模样啊，啧啧，一表人才，听你爹说大有可为。"陈夫人对这个迟来的女婿很满意，精神都好了几分。

王铎？王铎！

那个被她教训得大气都不敢喘的王铎？！她拿了剑冲出大门，任由陈夫人在后头大喊："又干吗去？"

她径直走到王铎府上。看门的仆人们见她来了，纷纷跑进去喊管家出来。胡子长长的管家恭恭敬敬地朝她行礼："不知夫人今日前来有何贵干？"

"谁是夫人，我这还没过门呢。"

旁边看门的仆人对她的话充耳不闻，齐声喊着："夫人好。"

"夫人慢点，大人在书房。"老管家一边在后面快步追着她，一边喊着。

她冲进书房，王铎正在处理公文，见她来了也不诧异，仿佛知道她会来似的。

"王铎，你为什么要娶我？"她和他除了那一次见面并没有任何交集。

"我府上侍卫不力，需要有人管教。"王铎气定神闲地给出理由，眉头都没抬一下。

这是什么理由，她将剑放到案台上："那你可以找武林高手。还有你府上姬妾太多，我看着碍眼。"七八个呢，那些莺莺燕燕挤在一块叽叽喳喳的，她听着头疼。

王铎把玩着玉质的毛笔，淡淡地道："等夫人过门了，姬妾自然全凭夫人做主，王某绝不多加干涉。"

她无话可说，垂头丧气地回到陈家，继续听陈夫人絮絮叨叨。

大婚当日，嬷嬷为她绞面，疼得她叫了一声。女子新婚就是这般受罪啊。她穿上繁重的礼服，衣服上绣着复杂的花纹，陈夫人说这是正妻才有的礼节，要好好享受。

怪不得讲究嫡长，这正妻婚礼竟如此烦琐，小妾只需一顶小轿由侧门抬进，多轻松。

王铎牵过她的手，带她跨过火盆，走过门槛。吉利话听得她耳朵都起茧子了，她饿得直想将盖头掀了，大吃一顿填饱肚子。

王铎终于来了。交杯酒、同心结，一切结束后，他屏退了左右，看着她在桌上吃得畅快淋漓，还道："王铎，你府上这厨子不错。"

她是那蛮横跋扈的妻，他是那温和谦让的夫。

他府上侍妾被她管教得不敢惹是生非，通通乖乖待在后院。她还同他说起房宰相，让他跟着好好学学，为国为民为家。

有部下趁她不在家时和王铎喝酒吃饭，席上部下献了一位美女，王铎断然拒绝，说家中已经有美人。部下以为王铎在做样子，固执地叫美人坐到王铎身上。

　　她赶了回来，毫不客气地给了穿着暴露的美人两记耳光，还派人将那部下和美人一起逐出府去，放言："日后见一次打一次！"

　　王铎瞧着她那副气恼的样子，戏谑道："夫人好身手。"

　　时下，黄巢领导的农民起义大军一路风风火火，已经靠近京城。皇上很是着急，匆忙下令让王铎前去围剿，赶退那些起义军。

　　他穿着盔甲，带领士兵们出城迎战，她留在府中，心里迟迟不能平静。战场上刀剑无眼，她要亲自陪着他上阵杀敌，她剑法好着呢，说不定还能为他出谋划策，打得那些起义军屁滚尿流。

　　骁勇善战的他接到了管家来报，说是夫人将来战场。那时他正和副官们讨论计策，闻言哈哈大笑，爽朗地说："前有黄巢，后有夫人，前虎后狼的，简直是两面夹击啊！"

　　副官也知道夫人向来刁钻蛮横，见他笑得如此畅快，也开起了玩笑："夫人猛于虎也！"

　　黄昏时分，天色渐晚，篝火燃起，军队的厨子们做着晚膳，她下了马，拿着剑直奔他的营帐，他正准备掀帘而出去外头察看地形，被她的大动静吓了一跳。

　　她挑了挑眉头："怎么？我来了吓着你了，瞧着你有惊无喜啊！"

　　他牵着她进了营帐，两只长满厚茧的手交叠在一起："我是喜得得意忘形。"

　　火燃得毕剥作响，饭菜香飘散开来。

杜秋娘，唐朝人，初为叛臣李锜之妾，后为唐宪宗宠妃，曾作《金缕衣》，后因妄图参与宫中政变，被贬为庶民。

◆ ◆ ◆

灯光月影，觥筹交错，节度使府里一片欢声笑语。

她站在殿中央，起舞弄影，高声吟唱："劝君莫惜金缕衣，劝君惜取少年时。花开堪折直须折，莫待无花空折枝。"

席上男人们纷纷被她吸引，目不转睛地盯着她，忘记了手中的葡萄美酒，随着她的动作移动目光。

一曲毕，坐在高台上的李锜招手喊她上前去，捻着胡须问她："这首曲子是何人所作？"

时光如流水，奔流到海，一去不复返，座上的人听着无不黯然神伤，沉默不语。

她抬起头来，直视着他的目光："回大人，此乃小女子所作。"

因一首《金缕衣》，她从最低贱的歌姬成了他的妾室，住进了节度使府，不用再过颠沛流离、辛苦赚钱的生活。

好姐妹们都说她好福气，被堂堂镇海节度使看上，收入房中，享不尽的荣华富贵，穿不完的绫罗绸缎。

李锜喜欢听她唱小曲，心中烦闷时，要她唱个一两首解解闷；心情愉悦时，更要她即兴来几段欢快小曲。

夫人说，她是生不逢时，否则以她的才气定然名扬天下，受人追捧，不至于在这节度使府上度此余生。

胡子一大把的李锜和她年岁相差甚远，虽是她的夫君，实际上两人相处起来更像是忘年之交的老友，下棋、赏花、起舞、喝酒，她对他没有半分男女之情，唯有尊敬感激。在这战火连天的时候，她至少过得安安稳稳，不用担惊受怕。

唐德宗驾崩，天下同悲，远在距离京城十万八千里的地方百姓也穿了白衣。新皇登基，龙袍加身，又是一番景象。于百姓来说，皇上更替并不重要，只要政令施行于百姓有益，便是可以高呼"万岁万岁万万岁"的好皇上。

她还是住在刺史府，吟曲跳舞，不管外头又有了怎样的是是非非，那都是男人的事情，与她无关。李锜拍手称赞："秋娘啊，还是你这日子过得爽快！"

刚登基不久的皇帝不知为何忽然让位给了儿子，那个年纪轻轻的男子，接下了天下的重担，成了九五之尊。

他是个想要有所作为的皇帝，欲改变时下节度使过于强大的权力，于是强硬地削减节度使的利益，李锜反了，带着将士军队直逼京城。

寡不敌众，李锜死在了刀下，家中男丁尽数被杀害，女人全部入宫为奴。

她还是那唱曲舞蹈的歌姬，不过是换了一个地方。坐着马车千里迢迢来到京城，看着巍峨的宫殿、训练有素的士兵，她想，在宫中跳舞应该也还不错，吃穿用度都少不了，还能多挣几个银子，日后年老色衰被放出宫去，寻一处风景秀丽之地，好好生活也不错。

她同节度使原来的舞姬一起献上了一曲水袖舞。穿着明黄色龙袍的皇上坐在龙椅上突然发问："朕闻镇海节度使府上有一歌姬作《金缕衣》，不知此人是谁？"

旁边的宦官是消息灵通之人，指着她朝皇上回禀："就是那中间穿桃红色衣裳的女子。"

正值壮年的李纯遇上嫣然一笑的她，眼波流动间情愫暗生，李纯对她动了心，当即昭告天下，册封她为秋妃。

她从小小一介歌姬变成新皇的宠妃，恩宠不断。他说他第一次听人说起那《金缕衣》就隐隐猜测，写下这样诗句的女子会是何等模样。

她本是这世上的一粒红尘，抱着得过且过的心思飘飘荡荡，不求情意缱绻、儿女情长，偏生上天让她遇上了李纯——当今天子。

李纯胸有大志，渴望挽救日益衰微的大唐江上，让百姓安居乐业，过上好日子。她为他奉茶，说道："昔日文景之治、光武中兴，靠的乃皇帝的仁政，皇上不若效仿。"年轻气盛、心浮气躁的李纯也唯有和她在一起时才能心绪安宁，考虑周全。

古语有训，后妃不得干政，李纯却常常将奏折搬到她的宫殿批阅，还要问问她的意见和看法，毫不担心她会有不轨之心。

"你不担心我会是那吕后、武后之辈吗？"她拿着朱笔，按着他的吩咐在奏章上圈圈画画。她临摹了他的字迹，不细看，简直难分真假。

李纯拥着她，嗤笑道："是又何妨，只要江山稳固，谁做皇帝都一样。"

这样一句话，任何女子听见都会动心。他兢兢业业只为了大唐江山繁荣昌盛，毫不贪恋手上的权势，甚至如此信赖她，不担心她逾矩。

如果说李锜给她的是片刻的安宁，李纯带给她的则是又惊又喜的恩赐，她开始变成一个贪心之辈，日日期望他一下朝就来她的宫殿看她，希望为他生儿育女，看着儿女一个个长大。她甚至奢望白发苍苍时，他还是固执地挽着她的手要她唱一曲《金缕衣》，浑然不嫌弃她年老色衰。

"秋娘，秋娘……"睡梦中他也一声一声喊着她的名字，仿佛担心她会离他而去。

她唯有握紧他的手，不管他听得见听不见都不觉枯燥地一句句回答："我在。"

他没有办法给她皇后之位，两人却像平常夫妻一样恩爱不疑。她用柔情似水化解了他的急躁、冲动，偶尔她因自己没有为他生个小皇子、小公主而自责时，他总会安慰她，日后会有的，日子还长。

在节度使府里她听见过女人生孩子喊得撕心裂肺，娘亲也告诉她女人生孩子就是在鬼门关走一趟。

从前，对于这件事她总是避讳、害怕，完全没想过要去经历，自从和李纯在一起后，她却愿意为他怀胎十月，忍受那一趟鬼门关之行。可惜，年年复年年，她还是没能怀上孩子。

李纯摸着胡须又一次听她唱曲儿时，忽然想起一桩事："秋娘，你那《金缕衣》是为李锜所写，你同朕相处数载，还未为朕写过一首呢。"

她反驳回去："那皇上也未曾为我写过诗文啊，皇上诗文这般好，里面却没有半点我的身影。"

李纯听了哈哈大笑："好一个伶牙俐齿的秋娘。"

感情越发深厚之时，心中自然情绪万千，见月是那人，赏花是那人，用膳是那人，睡觉也是那人，可要正儿八经地写一首诗时，却不知从何下笔，总觉得那个人值得世上最好的，于是反反复复纠结，最终一纸空白。

小雨淅淅沥沥，一直未见消停。李纯的生辰快到了，她想要谱一首新曲给他听。宫中锦衣玉食，身为皇帝的他对什么奇珍异宝都不稀奇，那她就为他写一首诗，吟唱出来，讨他欢心。

诗句还未完，却闻李纯暴毙，原因不明。太子即位，她被新皇派去照顾皇子李凑。一切太突然，让人措手不及，她都还没来得及为他唱她写的小曲，他就撒手归西，留下孤零零的她一个人昼夜深深思念他。

李凑聪慧好学、机敏沉稳，同她很是亲厚，她没有孩子也就尽心尽力待他，将他好好抚养长大。

新皇李恒昏庸颓靡，喜好女色，对于朝政大事置之不理，终日寻欢作乐，年纪轻轻身子便虚弱不堪，不久病逝。

太子李湛登基为皇，又是和他父亲一般对于朝政没有半点兴趣，只晓得游山玩水，毫无皇帝样子，不出多日被杀身亡。

这一桩桩皇帝暴毙、被杀，实在匪夷所思，绝对暗藏阴谋。她派人去打探，那探子说，皇帝连续暴毙实乃宦官所为，根本不是因病去世，也不是简简单单的意外。

怪不得，李纯素来身子康健，小病小痛也是少有，却忽然撒手归西，原来是被身边宦官毒死。她痛哭流涕，想要手刃那些蛇蝎心肠的宦官为李纯报仇。

当朝宰相宋申锡是个忠臣，从前便得李纯另眼相待。她找到宰相，将事情说清，宰相大人直呼："宦官乱政，罪不可恕！"

他们把希望寄托在由她亲手带大的明慧守礼的李凑身上，精心布置了一场局，想要将那宦官一网打尽。

权势滔天的宫中宦官不晓得从哪里提前得知消息，将李凑同她贬为庶人，逐出了皇宫。

她牵着李凑走出宫门时，天空黑云压顶，守城的士兵奚落她道："歌姬终究是歌姬，一时得幸，终究沦为庶民。"

歌姬、侍妾、宠妃、庶民，不过几十载，却像度过了几生几世。

她终究没有替李纯报仇雪恨，手刃那蛇蝎心肠的宦官。他给了她这一生数不尽的柔情，让她从一个只晓得吟曲作舞的歌姬成为一个有情有义的女人，她却连他的命都没有守住，让他一个人心有不甘地离开这人世。

她回到了山清水秀的家乡，将李凑养大成人，看着他娶妻生子，青丝熬成了白发。

燕子南飞时节，她煮了一碗长寿面，撒上些刚刚在院子里摘的葱花，一口一口替他吃掉。

曾经沧海难为水，除却巫山不是云。

香囊

吴越王夫人，五代十国时吴越王钱镠原配夫人，跟随吴越王征战沙场。后，夫人回娘家探亲，吴越王曾为其写下"陌上花开，可缓缓归矣"。

◆ ◆ ◆

她是十里八乡的骄傲，邻里以前都亲昵地喊她一声"阿戴"，如今则是礼数周全、跪地行礼的"戴王妃"。

横溪郎碧村因为出了一位赫赫有名的王妃，一下起雨就泥泞不堪、溅得绣花鞋上满是黄泥的小路得以拓宽修整，变得一片平坦。

每到暮春时节，她总会抽个十天半个月在娘家陪陪母亲。她毫无王妃的架子，平常得如同还是未出阁的闺女一样，生火、做饭，为母亲洗脚、擦身……

母亲瞧着她住了许久还不离开，天天叨念着："阿戴啊，你还不回去，怕是要遭人非议啊。"

她宽慰母亲："不会的，夫君答应过我的。娘，您就别担心了。"

他在思虑他的治水大事，思考天下百姓的吃穿用度，他累了有美人捶腿按摩，困了有如花美眷伺候歇息，读书写字时有美人红袖添香，不用她在，他过得也很好。

她是他的原配夫人，在他还是靠贩卖私盐谋生时，刚刚及笄的她就嫁给了相貌平平的他。

村里人说，她的夫君看着老实憨厚，想来是个可靠之人，虽然长相普通了些，但男子看的是才干。

新婚夫妻如胶似漆，她觉得这夫君是极好的，温和宽厚，不会像隔壁好友嫁的男人那般，回到家就对好友大呼小叫。

他胸中有大志向，渴望建功立业，匡扶日益衰微的大唐王朝。

她生于偏僻之地，不晓得他说的那些男人大事，只能洗手做羹汤，尝了又尝，只为博他一句："这道菜味道不错。"他有时会自信满满地说起他的理想抱负，她也会为他加油打气，希望他早日实现梦想。

追随董昌，是他迈出的第一步，琴瑟和鸣的夫妻即将面临夫君出门在外，妻子独守空房的局面。她送他到家门口时，他抱着她说："阿戴，你在家好好保重。"

她一个人在家数着夜夜寂寞，家门口的树叶枯了，黄了，落下来了，又长了新芽，她摸着隆起的肚子，一步一步走得很缓慢，低低地对着肚子里不知是男是女的孩子说："你爹就要回来了。"

他建功立业，成了有功之臣，回来的队伍浩浩荡荡。她站在家门口，等着他从轿子上下来第一个见到她，见到他的第一个孩子。

几次书信，他问她安好，她都没有告诉他她有了他们的第一个孩子，她就是想等着这一刻给他一个莫大的惊喜，让他激动得说不出一句话来。

然而有惊无喜，她绞紧了帕子，看着他从轿子上下来，还带下两个眉目清秀的女子。两个女子朝她行礼，娇滴滴地喊了她一声："夫人。"

他牵着她的手，笑得合不拢嘴："阿戴真是太不厚道了，都不告诉我这个当爹的人这桩喜事。"

那两个女子走在他们后头，她硬生生地挤出笑容。他没有向她解释那两个女子的来历、身份，好像已将那两人抛诸脑后。

用膳时，他替她夹了她最喜欢的红烧鱼，仔仔细细地将刺剔去才放进她的碗里，旁边那两个女子朝她道："老爷和夫人真是感情深厚。"

她心事重重，僵硬地吃着鱼肉，只觉索然无味，提不起兴致。

他这才想起那两个女人，朝她介绍，那是他出门在外新纳的两房侍妾，以后就全部归她管教，脸上没有一丝尴尬，神色正常得如同谈论明日的天气一般。

她用过膳后闷闷不乐地回房，丫鬟看出她心绪不佳，同她说，男子自古三妻四妾，夫人切不可因这事同老爷闹脾气，夫妻失和，得逞的便是那些来历不明的女人。

她将朱钗取下，问："男子都是可以一心多用吗？"

丫鬟摇了摇头，替她梳了梳头发："夫人，男子喜欢一个人并不意味只同她一个人在一起，他们还要繁衍子嗣，况且夫人身子不爽时，也有那些侍妾陪在老爷身旁。"

哦，他可以在说着喜欢她的同时拥有别的女人，她的枕边人只有他一个，他却可以在众多女子中挑选一个宠爱。她生长的那个村庄，因为生活贫寒，男子纳妾之事少之又少，只有老夫老妻日日织布耕田。

有些观念接纳是一回事，理解想通又是另外一回事。钱穆见她近来心情不佳，问她是不是有什么心事，如果有可以同他说。

但这种事从何说起？她没有理由阻拦他将一个又一个女人抬进府，也没有办法制止那些女子怀孕生子。

她看了看远处的山林道："有些思念家乡。"她以为走出来了，会欢乐自在，会见到更广袤无垠的天空，不再只是守着一亩半方田坐井观天，却不想外面纵然风景如画，都不及郎碧村的一山一水。

钱镠扶着她坐在床边，向她许诺，日后每年她都可以回乡看望家中老母，有时间他还愿意陪她一起在那里小住。她靠在他肩上，听着他将那些出门在外遇上的趣事娓娓道来，其间他还说了那两个女人，一个是上级赠的，一个是路上救下的，两人皆是富有才情的女子，倒是能在路上解解乏。

她大道理懂得不多，也没法子为他出谋划策，有那些女子为他分忧，照顾他的饮食起居，他待她依旧尊重、爱重，没有半分冷落，这样似乎也能接受。

她虽然心中一时愤愤不平，久而久之总会习惯的。那宫中的女子不也得看着一批批秀女进宫分走皇上的宠爱吗？但凡善妒之流，总是落得个凄惨下场，要是一开始就不妄想得到男人全部身心，也不会落得那般境地。

她生产那日，他在房门外陪着她，听着她一声声凄惨的叫喊，他

179

的心隐隐作痛，他说恨不得替她受那苦，或者被人砍上一刀也无妨，只要她不再那么疼。

生了孩子，她虚弱得昏死过去，再次醒来时天已经黑了，屋里点着灯，他坐在床边，朝她微微一笑："夫人辛苦了。"

他生得不好看，小时候因为奇丑无比，生身父亲甚至欲将他丢弃，幸好祖母将他养大。那一声真挚的辛苦了，让她觉得刚才那一番哭天喊地的挣扎好似也不那么痛苦了。她看着眉眼像他的孩子，柔柔地笑了。

也许以后他还会有很多很多孩子，无数女人愿意为这样一个并不好看的男子生儿育女，但她会一直记得他在房外说的那一番情真意切的话，哪怕只是安抚，她也会铭记于心，终生不忘。

他的官位越做越大，身边的女人也越来越多。他得朝廷倚重、皇上信赖，他们住进了华丽的府邸，那些侍妾每日都来向她请安，后宅倒也平静，没有人嘲笑她是农家女，也没有人敢暗地里给她使绊子。

这一切都是他从中斡旋的结果，不用多问她便知晓。女人多的地方从来都是是非之地，况且她出身乡野，在那些书香门第高门大户的女子面前，论才情、智谋都是比不上的，那些女人也生了孩子，公子、小姐都有，粉雕玉琢的，倒也可爱。

她鲜艳的衣裳慢慢变成了绛紫深红，眼角爬上了一道道沟壑，女儿也逐渐出落得亭亭玉立，儿子们已经到了娶妻的年纪，拥兵一方的钱镠成了吴越王，胡子一大把，为这吴越一地的百姓兢兢业业地操劳。

她是陪在他身边最久的女人，从二八年华的少女变成皱纹爬满面庞的老妇人，他没有嫌弃她人老珠黄，宴席时每次都让她坐在他身边，亲自为她斟酒，骄傲地同那些手下兄弟炫耀："我这一生最得意的就是娶了这么个贤惠妻子！"

她不是独一无二的那个人，也曾奢望过无人打搅的爱情。他身边换了无数年轻漂亮的女子，不乏能歌善舞的，同他志趣相投谈天说地的，崇拜他英雄情长的，但唯有她，可以什么都不做，不用刻意寻找话题，就能得他和煦一笑。

他得空时便亲自驾着马车陪她跋山涉水，穿越崇山峻岭，去那最初他遇见她的郎碧村。

他会在田间摘一朵明黄色的油菜花插在她的发间，两个人上山采一箩筐蘑菇，回到家，他劈柴，她生火，做一顿香喷喷的饭菜，一家人其乐融融，粗茶淡饭，温情满满。

白发苍苍的母亲递给了她一封信，说刚刚钱镠派人来传给她的。母亲打趣她道："定是女婿想你了，催促你快快回去呢。"

枇杷树下，她打开信，唯有九字：陌上花开，可缓缓归矣。

田间的花儿齐齐开放，他在那头催促着她。

缓缓意似东风急。

花见羞：
云想衣裳花想容

花见羞，五代第一美女，出身贫寒，父亲为糕饼店老板，初嫁后梁名将刘鄩，后为李嗣源宠妃。她婉拒皇后之位，为李嗣源出谋划策，谦虚有礼，见多识广。

◆ ◆ ◆

寻常女儿家大抵希望逢年过节时父母为自己添几件新衣裳，她却没有这样的心愿，只期盼爹爹的糕饼店能够生意大好，高高兴兴地收摊回来，给她留新做的糕点。

桂花糕、桃花糕、梅花糕、绿豆糕、百合糕她都吃腻了，今日等着爹爹新做的葡萄糕，不晓得味道如何。

她是街头最有名气的糕饼店老板的独女，生得花容月貌，姿色可人。

小时候就常有那些调皮幼稚的男孩调戏她，想要牵她的小手，每次都被长着长胡子的爹爹赶走，怒气冲天的爹爹常抱着嘴角上沾着糕点屑的她叹息："女儿啊，你哪里都好，就是太漂亮了，这般年纪就已经稍见姿色，以后长大了，怕是，唉……"

娘亲斜眼看着爹爹："这天生丽质的容貌人家求都求不来，你倒好，还发愁。"

红颜祸水，美丽的女子生活总是充满起起伏伏，带着跌宕的色彩，一颦一笑轻易俘获那英雄心、帝王情，享尽福分，却也红颜易逝，路途上太多艰难坎坷。

盛世美颜，是福还是祸？

仁者见仁，智者见智。

她倒是还没领略过这长相带来的祸事，但是福分沾了不少。

她去小摊上买冰糖葫芦时，在那摊上挑了好久，迟迟不能决断到底是买山楂的还是橘子的。老板见她美貌，干脆只收了她一份的钱就将两串都送给了她。

她笑吟吟地接过那两串让人看得直流口水的冰糖葫芦，大声道谢。老板说，还是第一次见到这样漂亮的姑娘，像从画里走出来的。

娘亲带着她去衣裳店买布做衣裳时，她看上了衣裳店里绣着蝴蝶的披帛，偏偏娘亲没带那么多银子，老板见她眼馋得紧，索性当赠品送给了她，还对她娘亲说，她长得真是美貌动人。

女儿家一到及笄的年纪，成亲之事就提上了日程。上她家提亲的人不乏世家公子或风度翩翩的青衫君子，爹爹却都不大满意。

娘亲数落爹爹，别挑三拣四的了，女儿家早些嫁了为好。

爹爹反驳，说娘亲妇人之见，在这动乱不安、民不聊生的年代，

183

嫁个武将才是上策。风度翩翩的世家公子固然才气逼人，但在这样的年代保命才是最打紧的事，有一身功夫的人才能护她一世周全。

爹爹虽然书读得不多，分析事情一向挺有道理的，她选择听从爹爹的话。反正婚姻大事，由双亲做主便好，父母自小这般疼爱她，定会为她挑个好夫婿，这不是她该操心的事情。

刘禷便是爹爹为她挑的夫婿，年纪比爹爹还要大，她摘了一上午的茶叶，回到家就听见娘亲在大发脾气。

娘亲叉着腰大骂：“那老头子年纪大就算了，宝贝女儿居然是去做妾，简直荒谬，哪一个人不比这刘禷老头子好！”

爹爹也不生气，按捺着性子和娘亲讲道理：“刘禷年纪是大了点，但是个会疼人的，况且又是武将出身，家境优渥，是个很不错的选择。”

娘亲反驳：“这女婿比你年纪还大，你对着他那满脸皱纹一声女婿叫得出口？”

她在门口听了好一会儿，推开了门，娘亲瞧见她回来了，上前搂着她，摸了摸她的头发：“羞儿，你说你爹是不是昏了头？”

她安抚了娘亲，思忖片刻，抬起头坚定地对双亲说：“我听爹爹的，我嫁。”

其实女儿家嫁给谁都是一片迷茫未知的，在盖头挑起前不晓得那人是清秀还是粗犷，清瘦还是大腹便便。

虽然刘禷年纪大了点，但爹爹如此笃定，想来必然是个好归宿，爹爹一向疼爱她，断没有将她往火坑里推的道理。

纤纤玉手被满是厚茧的老手牵住，他将她从轿子里抱了出来。

她看不见他的面容，却能够感受到他有力平稳的呼吸声，那是她的夫君，是她要与之共度一生的人。

刘蒦不是那种不修边幅的人，虽然已经年过半百，精神却不错，目光有神。他会将她抱在怀里，故意用胡须扎她，弄得她嫩嫩的皮肤痒痒的，看着她左躲右闪，高兴得不成样子。他年纪虽大了些，兴致倒不减。

邻里街坊免不了说闲话的，说她爹爹没眼光，帮她挑了个都快要进棺材的老头子，不知道是哪根筋搭错了，放着大好的青年才俊不要，好好的黄花大姑娘给人家当妾室。

但她这个妾室真的挺舒坦的，当家主母将她当作女儿一般疼爱，没那些个动辄打骂的情景，倒是常送些她喜欢吃的糕点来给她尝，得空了还带她去寺院烧烧香拜拜佛，说是为了求菩萨让她早日有喜。

老夫少妻，恩爱无双，他笑称自己比唐明皇还要有福分，遇上这样姿色非凡又善良温婉的她。

她努了努嘴："我可比不上杨贵妃啊，那么能歌善舞。"她只会为他分忧解难，宽解宽解他在战场上无处发泄的愁绪。

她摸着他硬邦邦的铠甲："这箭射得进去吗？"

刘蒦笑眯眯地回答："箭射不进去的，能进我心的是卿卿啊。"

这老头子还挺能哄她高兴，他经常调侃她、取笑她，让她羞红脸，她佯装要打他。

爹爹的决定果然是对的，她过得很幸福，没有什么烦恼。刘蒦出征在外时，她就和主母、小姐们一起聊天喝茶；他回来时，她就待在他身边，认认真真地过他们的小日子。

可好景不长，他们恩爱不过几年，刘覆被杀。她接到这个消息时只觉五雷轰顶，他们才幸福没多久啊，他怎么就成了一具尸体？他再也不会开口对她说话，朝她招手，说："羞儿，快为我捏捏背。"

她穿着白衣守在他的青冢旁，日日为他上香，粗茶淡饭，泪眼蒙眬。她想，这一生应该就这样守着这座坟了吧？

适逢春日，青冢长满了青草杂花，有一个男子带走了她，那人说他是李嗣源，要娶她。只是惊鸿一瞥，他就不管她寡妇的身份执意要带走她。

她开始跟着这个足智多谋的男人征战四方。李嗣源比刘覆年轻许多，正妻早逝，生性谦和，不好大喜功，和他在一起时，两个人互相扶持，她会劝慰他，他会保护她。

这是她的第二个男人，拥兵一方的天平军节度使，战功赫赫，却也无端遭受皇上猜忌。他是她如今的保护伞，她常为他担忧、害怕，每次他出门在外，她总是惴惴不安，生怕一睁眼看到的是一具血淋淋的尸体。

李嗣源说，他会保护好自己，叫她别担心，只需日日吃好喝好便可，旁的不需要她多操心。

可她怎能不忧虑操心，他虽然不似刘覆一般将她当小女儿般宠溺，待她却也温和宽厚，将她呵护在手掌心里，不肯叫她受苦受累。他是她如今唯一的依靠，除了奢望他健康平安，其余，她别无所求。

李嗣源是个宽厚的人，手下有时争论战功，闹得不可开交，唯有他静静等他们说完了才开口说一句："你们是靠嘴巴打战，我是靠手！"满堂顿时鸦雀无声，手下士兵面面相觑。

他想将她扶正，她摇头拒绝了。她出身低微，如今能过得这样好，已经心满意足，不奢求那些虚妄的名分，只要能陪在他身边，是妻是妾又有何妨？

况且他是一方节度使，她则是二嫁妇，总有流言蜚语，引出些不必要的麻烦。

他被昔日一同作战的兄弟猜忌多了，终日担心被杀害，后来干脆也拥兵为皇，成了九五之尊，一方百姓磕头大喊"万岁万岁万万岁"的皇上，开源节流、整顿军队，百姓无不称颂。

他说，要许她皇后之位，让她母仪天下，两人执手看这大好河山。

她再次拒绝，他的原配夫人的家族如今是他的得力干将，册封原配夫人才是上策，于国于家都是百利而无一害。

阶梯上，他环着她低低笑道："羞儿莫不是要学那光武帝发妻阴丽华，贤淑恭让，将后位拱手让人？"

她没说话，搂紧了他，风吹得两人的衣角飘飘荡荡。

如今天下太平，她只是想陪在他身边，求得他平安顺遂，能避免的是是非非都要避免，哪怕是有一分危险，她也不想让他去做，定要离得远远的才好。

是他给了她满是阴霾的生活一片光明，一步步牵着她的手走向高位。在她以为要永远独守那座青冢吃斋念佛时，他骑着高头大马，用力扶起她，温柔却不容拒绝地说："以后你就跟着我吧，我是李嗣源。"

花见羞。

花容月貌，见着情郎便羞红了脸，没有一个男人不为之心动。

刘�是她青涩年华里给她万千宠爱的老头子，一举一动都让她欣喜异常。

　　李嗣源则是带她走出阴霾指点江山的一国之君，让她担惊受怕，牵肠挂肚，终日惶惶。

　　两人没有高下之分，都是夫君，都是她这一世的念想。

刘娥：
几回魂梦与君同

刘娥，宋真宗赵恒的皇后，有治国之才，把持朝政数年，曾穿天子衮衣拜谒太庙，后还政于宋仁宗，"有吕武之才，无吕武之恶"。

◆ ◆ ◆

她身穿天子之尊的衮冕，在鼓乐声下，一步一步走向太庙，身后宫人低着头，旁边文武百官纷纷跪地。

这衣裳她见赵恒穿过无数次，今日穿在身上，她才真正体会到那天子之尊的沉重。

她老了，眼睛也不比从前了，国家大事该彻底交托给赵祯了，她也是时候颐养天年了。这些年政务繁重，累得她喘不过气，但为了这大宋江山，她还是咬紧牙关硬生生挺了过来。

皇后郭氏总爱嘴甜地讨她高兴说："太后娘娘天赋异禀、聪慧伶俐，是女人家都应该学习的榜样。"

她勾起嘴角笑了笑，她哪里有什么天赋异禀，被人歌功颂德的举止不过是后天努力而已。

阳光将冰凉的大地晒得滚烫，花园里的芙蓉含苞待放，她站在亭台上，心思悠闲地赏着花。多久没有这样的闲情逸致了？

文武百官穿着朝服齐齐跪拜，嘴里喊着"吾皇万岁万岁万万岁"，没有那句喊了多年的"太后千岁千岁千千岁"，少了那道帷帐，年轻的赵祯目光沉稳，成了真正的天下之主。

"将哀家的罄取来。"她倚着栏杆，吩咐贴身的丫鬟，目光深远。

不过半晌，丫鬟就将罄取来。她从那雕着精致花纹的木匣子里取出罄轻轻敲击，虽是几年不碰，旋律却熟稔于心，一曲下来，周边的丫鬟都失了神，久久陶醉其中。

"姐姐还是这么精通音律，妹妹好生佩服！"杨太妃拍了拍掌，走到她身边行了个礼。

她将那罄放回匣子里，拉着杨太妃坐在舒适的软榻上，轻松道："如今归政于皇上，我也可以图个清闲了。"

她辛苦了那么多年，操持国家大事、肃清贪官污吏、提拔文人士大夫，一介女流，将赵恒留给她的大宋江山打理得井井有条，百姓安居乐业。

赵祯虽养在她名下，却是杨太妃照料抚养，她忙朝政大事，杨太妃忙教养新帝，都不容易。

或者，人活着就是一件不断受苦受累的事情，那些幸福的时光总是稍纵即逝，转眼就消失不见，她还来不及喘一口气祭奠那些欢乐时光就要重新投入忙碌中，循环往复。

从她出生伊始艰难就伴随着她。那年母亲刚怀上她，父亲就带兵出征，尚在襁褓之中的她还未来得及见父亲一面，母亲就抱着她回了娘家。随后父亲战死沙场，母亲郁郁寡欢，日日以泪洗面，还没熬到她八岁生辰便撒手人寰。

她抱着母亲的尸体哭得不成样子，从此她就是无父无母的女郎了，幸好祖母将她接回家里，抚养她长大。

祖母教她画画、绣花，还同她说了许多传奇故事，告诉她人要有信念，相信自己的能力，就算再艰难也要挺过去，因为走过那一程，便能迎来春暖花开。

她还未能迎来春暖花开，祖母又病逝，天地之大，她孤身一人，没有双亲疼爱，拿着祖母亲手为她做的襚不知将去往何方。

兴许是上天保佑，从前父亲接济过的一个少年愿意帮助她，那个朝她伸出手的少年叫龚美。她与龚美以兄妹相称，她跟着他学习音律、鼓儿词，两人合作表演起来天衣无缝，远近闻名。

龚美不甘拘泥于小小的地方，便带着她去了京城，听说那里官宦人家多，可以捞一大把银子。她简单收拾了行李，就同他一道去了京城。

京城是什么样子，她从未见过，天子脚下，听说繁华如梦，她隐隐有些期待这个被人称作可以改变命运的地方。

他们二人开始在京城一处表演，她善说鼓儿词，龚美则配合她，不出几日，百姓纷纷围观，夸她花容月貌，打赏了好些银子。

这京城真是个富贵之地啊，酒楼商铺、小贩小摊瞧着气度就不一样，给的赏钱和从前在家乡表演时相比也翻了好几倍。

夜里，她数着那些银子，笑得合不拢嘴，再这样下去，她怕是要成为小富婆了。

翌日，心情大好的她敲了首悠扬的家乡小曲，敲得格外卖力，一曲完毕，一个衣裳华贵的男子对她翩然一笑，给了一大袋银子。

那一双黑眸直直同她对上，霎时勾起天雷地火，原来有些人真的只消一眼就足以爱上。

她坐上他的轿辇，去了他的府邸。掀帘下轿时她抬头一看，诧异万分，竟是气势恢宏的襄王府，他则是当朝皇子赵恒。

两人游湖赏景、煮茶吟诗，她的梦想不再是回到家乡寻一处好地方，开一家衣裳铺子，而是同赵恒在一起，长相厮守，日日与君好。

秦国夫人看不起她，觉得她出身微贱，迟早是个祸水，于是添油加醋地向皇上说了她的坏话。

她正坐在庭院里舒舒服服眯着眼晒太阳，莫名其妙就等来了一场毒打，她浑身是血，拖着一身伤被驱逐出府。

幸好，赵恒的手下救下了她。年纪轻轻的赵恒没有办法同皇权抗争，只得将她安置在府外，替她寻了京中最好的大夫，医好了她的伤。

他说，总有一日他要让她光明正大地成为他的女人。

仗刑的太监不懂得怜香惜玉，她的背上伤口结痂脱落后，还是有一道淡淡的痕迹，赵恒心疼地抚着那道疤，怜惜地说："娥儿，此生我定不负你，否则天打雷劈。"

还不是皇帝的他，懂得金口玉言、一诺千金。还没有手握重权的他，便偷偷与她私会，两人依然甜甜蜜蜜，羡煞旁人。他有皇子妃，有如云美女，却依然将她放在心底珍重爱护。

她在府外读了大量史书典籍。她想，站在他身边的女人总不能一无所知，她要变得更强大，她要以毋庸置疑的姿态光明正大地站在他身边。

习了许多大道理、大谋略后，她的眼神不再怯懦不安，变得越发光彩照人。

整整十五载，她看着她的男人娶妻生子、妻死子夭、再娶再生，熬过了那些偷偷摸摸的时光，他终于成了大宋皇帝，她的苦日子也到头了。

四品美人，一品德妃，晋封这条路畅通无阻，赵恒留宿在她的宫殿中的次数比其他嫔妃加起来还要多。

长夜漫漫，伸手不见五指的床榻上，他将她冰冷僵硬的双手放在胸口："娥儿，你的手总是这样凉。"

成为帝王的他，温和亲切，批阅奏章时，他会问她的主意和看法，每次遇到焦头烂额的事情，她总能想出应对之策，他常笑着刮她的鼻子："娥儿当真是女诸葛。"

身为帝王，子嗣乃国家大事，他后宫嫔妃众多，却子嗣单薄，皇子时时夭折。为了以防万一，他挑选了几个兄弟的儿子在宫中教养。

她的肚子始终没有动静，同她交好的李美人也是无所出，二人闲暇时便交流音律打发时光。

伺候的宫女有个姓李的姑娘，和她一样父母双亡。某日，李氏有些精神恍惚，帮她梳头时扯疼了她的头发。

她见那李氏神色不对，忙追问。李氏说，前日做梦梦见龙飞进了肚子里，不知是何预兆。

她拿下李氏手中的梳子，笑吟吟道："这是生皇子的兆头啊。"

不出几月，李氏被诊出喜脉，赵恒在朝堂之上宣布德妃有喜，群臣恭贺。

她问李氏，母子分离心中一定恨透了她吧。

李氏平静地摇摇头，神色如常地回答："这孩子跟着娘娘才是莫大的福分。"

赵恒的身子越发不好，咳嗽声不断，朝政大事几乎都落在了她头上。手掌皇后金印的她已经不只是协理后宫之事，更有朝堂大事等着批阅。

李氏之子，不，是她刘娥的儿子被册封为太子，杨美人亲自抚育，事必躬亲，太子白白嫩嫩，小小年纪就举止有礼。她封了李氏为县君，赏赐黄金百两、良田千亩。

她守在赵恒的床边，听他絮絮叨叨地说着他们的相遇、相知、相恋，他还是那样温和，眼中隐隐有光。

他说，他这一生最怀念的就是同她在襄王府那段日子，没有朝政大事，没有身不由己，就是快快乐乐地守着她，看她吃好睡好玩好，便是莫大的幸福。

赵恒屏退了左右，让她再敲一次罄给他听，她换了身粉蓝色的衣裙，将那些繁重的凤钗尽数褪去，只留了一根破旧的木钗斜插在发间，敲了一曲名动天下的《凤求凰》。

一如初见。

他幸福地闭上了眼，安安静静地躺在龙床上，没有拍掌，没有对她说："姑娘请随我上马车。"

寝殿门口，凉风习习，她敲了一夜的曲子，断断续续，呜呜咽咽，闻者伤心，见者流泪。

她牵着新帝的手走上了朝堂，赵祯年纪尚小，第一次见到这文武百官的场面脚步有些颤抖，怯懦地说："母后，儿臣害怕。"

"不怕，有母后在。"她安抚着小皇帝，目光直直望着这偌大的宫殿。她也是第一次领略到高处不胜寒的滋味。

出口成章的文官大臣、气势汹汹的威武将军，个个都不是好掌控的，临朝听政真不是那么简单。

可现实容不得她怯懦，她惩治了许多贪官污吏，一手提拔了诸多士大夫。有人把她比作武后，谄媚地送上了《武后临朝图》，她直接将其丢掷在地，她不做那女皇帝，她要的只是国泰民安而已。

李氏暴毙，她派人好生安葬，吕夷简上书说是要将那李氏以一品宫妃之礼安葬。她问起原因，吕夷简说，毕竟是皇帝生母，皇上迟早会知道，草草安葬只怕于她不利。

于她有恩的李氏的确不能随意安葬，她便派人将皇后礼服穿在那李氏身上，以一品宫妃之礼隆重大葬。赵祯来她宫中用膳时关切道："母后，听说李宸妃恶病缠身才去的，母后也要保重身子啊。"

赵祯一日日长大，渐渐明辨是非，能处理朝政大事，每次她考问他国家大事，他总能轻松应答。

是时候放手，让这个日渐沉稳的帝王独当一面了，她心里感叹。

宫中景色宜人，她住了这么多年，也是第一回这样细细地欣赏。放权之后的日子轻松而畅快，杨太妃经常来陪她，两个年过半百的老人，绕着宫殿走了一圈又一圈，非要比个胜负才肯善罢甘休。

后来她病重，皇帝亲试汤药。她知道自己熬不过去了，断断续续地交代了后事，要皇帝将杨太妃晋封为皇太后。

　　宫殿外，小皇子正在喂小公主吃糕点，娇气的小公主非要小皇子尝尝味道，她躺在床上，听得很清楚，恍惚间就像回到了当年襄王府里，赵恒买了绿豆糕非要一口一口喂给她吃。她苍老的双手扯了扯身上的衣裳："殿下，我自己来。"

　　宫中再无馨声，寂寂长夜唯有杨太后的琵琶曲，单薄冷清，听者落泪，见者悲怆。

郭清悟：思郎恨郎郎不知

郭清悟，宋仁宗第一任皇后，任性善妒，因意外打伤宋仁宗，仁宗以其无子废后位，降其为净妃，移居道观。后郭清悟暴毙，仁宗追复其皇后之位。

◆ ◆ ◆

他以一纸诏书划清两人界限，结束了朝堂上长久的废后之争。

他为她赐名清悟，清净、省悟，以此警示她好好在道观反省，而当日与她起争执的尚美人、杨美人被杨太后以魅惑君主为由驱逐出宫。

结束了皇后生涯，她心中愤愤不平。范仲淹等大臣在城门外送她时，一身玄色官袍的范仲淹怜悯地看着她，抬手作揖："皇后娘娘好好保重。"

她仰起头，双眸中含着不平之意，态度依然骄傲："多谢范大人。"

掌掴皇帝之事后，以宰相吕夷简为首的废后派同以右司谏范仲淹为首的保后派，争执理论了好长一段时间，最终她还是被赵祯以无子为由驱逐出宫，成了不伦不类的"净妃"。

道观上上下下对她很是敬重，没有因为她是废后便落井下石。她每日粗茶淡饭、小酌几杯倒也畅快，不用再操心那些费精力的女人之事，也没了口舌之争。

贴身丫鬟劝过她好几次，说如果她能低头向皇帝道个歉，估计皇帝也不会这般恼火。掌掴皇上乃杀头大罪，皇帝能仁慈地将她移居道观而没有杀她，说明皇帝心中还是有她的，不过碍于当时太监宫女都在，却被她打伤了，下不得台面。

她同那赵祯的事哪是这三言两语就可以化解的，两人的矛盾积攒多年，那不小心为之的掌掴不过是一记导火索，激化二人积怨已久的矛盾而已。他向来瞧不上她，这皇后之位他一开始就属意旁人。

彼时，刘太后把持朝政，垂帘听政，赵祯还未亲政，只是个有名无实的皇帝。

恰逢他到了大婚年纪，她同骁骑卫上将军的曾孙女张氏一同进宫参选，两人家世旗鼓相当，她张扬热烈，张氏温婉贤淑，两人在众多秀女中脱颖而出，连太后都亲自召见过她二人考察。

赵祯挑的是张氏，他性子仁慈温厚，见那张氏一副温婉可人的样子，一眼他就上了心。

她站在旁边用余光瞧着张氏泛红的脸颊，忍住心中失落，正准备道喜，却听见刘太后不容置疑道："哀家瞧着崇仪副使家的郭氏性子明媚活泼，倒是个招人疼爱的姑娘，实在是皇后的不二人选。"

她惊愕地抬起头对上了刘太后凝视的目光，激动得心跳如打鼓。

随后她稍稍平复了心情，转而不卑不亢地跪谢："多谢太后娘娘、多谢皇上。"

她没有看见赵祯眼里稍纵即逝的恼怒。

帝后大婚，举国同庆，马车上她惴惴不安，抹了厚厚胭脂的脸红得异常，头顶着繁重的凤冠，她还偷偷摸了好几次。

皇后之尊，入主中宫，她将是他名副其实的妻子，纵使日后后宫美人如云，她们也都要向她行大礼。

在她以为自己必定落选的时候，位高权重的太后娘娘的一番话让她翻身成了受人敬仰的皇后，她入宫后定会好好报答太后娘娘的大恩大德。

至于皇上青睐的张氏，不过是他图个一时新鲜罢了，她是皇后，要大度骄傲，不能同那些妃嫔计较，否则就是自降身份。

她偷偷打量着坐在喜床上一言不发的赵祯，试探地问了句："皇上，夜已深，臣妾服侍您宽衣歇息吧？"

这是她第一次这样靠近男人，家中母亲、嬷嬷教了她好些道理，她虽熟记于心，却还是有些忐忑。

赵祯淡淡地"嗯"了一声，伸开双手，她解开他的衣袍，蹲下身为他脱去龙靴。

第二日，她穿着皇后礼服梳了个精致的发髻去拜见太后娘娘，说了好些话哄太后娘娘高兴，不苟言笑的太后被她逗得笑声连连，赏赐了好些稀奇的玉镯珠钗给她。

她走出慈宁宫时，赵祯不咸不淡地说了句："你倒是会哄母后高兴。"

张美人得宠、张美人侍寝、皇上赏赐张美人新进贡的茶，丫鬟日日在她身边禀告赵祯如何喜爱张美人。那个赵祯看上的女子，很会讨赵祯欢心，日日亲自喂赵祯喝那清茶。

丫鬟同她说，何不做些好吃的糕点送给皇上尝尝，皇上定会龙心大悦。

她才不干那等事呢，她是皇后娘娘，与嫔妃争宠，做那些乱七八糟的点心干吗？她梳了妆，换上新做的衣裳，去了皇上的宫殿。

赵祯正在练书法，宫人禀报皇后娘娘来了，他也没放下手中的笔，待她行礼后，喊了声平身，问她有何贵干。

非淡泊无以明志，非宁静无以致远。

她大胆地走到赵祯身边，念出了他写在宣纸上的字，纸上字迹刚劲有力："没想到皇上喜欢这句。"

"那你以为朕应该喜欢什么？"赵祯换了张纸，将狼毫递给她。

她接过笔，不假思索地写了唐代诗人白居易的那句："一愿世清平，二愿身强健，三愿临老头，数与君相见。"

西夏军队虎视眈眈，辽人不容小觑，帝王定然要的是国泰民安，又能身强体壮长生不老。

"皇后果然……"赵祯话还没说完，宫人来报，张美人、尚美人带着糕点来求见皇上。

赵祯说了声宣。

三个女人一台戏，尚美人说方才去慈宁宫拜见太后娘娘，奈何太后身子不爽，没有召见。

她嗤笑了声："本宫方才也去求见太后娘娘，太后娘娘还赏赐了一串璎珞呢，怕是尚美人去得不巧，太后娘娘正在休憩。"

她前脚才来赵祯的宫殿，后脚尚美人、张美人之流就带着点心前来，她非得好好教训这些美人。

尚美人愣了片刻，一时语塞，张美人温婉道："多谢皇后娘娘提醒，妾身日后挑个好时辰前去拜见太后娘娘。"

赵祯一言未发，就像局外人一般，听着她们三个人绵里藏针的话。待她们自个儿消停了才说了一句："皇后同爱妃们在打什么哑谜呢？"

她以为刘太后将赵祯抚养长大，请了最好的太子之师辅佐他，教他君王之道，赵祯定然对太后感恩戴德，却忽略了再是母子情深终究有无法跨越的鸿沟。

天子之道除了天下百姓，仁爱恭顺谦让之外还有最忌讳的一点，牝鸡司晨。

她越是唯太后娘娘马首是瞻，他越是离她遥远，如同一开始她就是被太后硬塞给他的，他除了接受别无他法。

一开始他们相遇的方式就不对，以至于后来，每一步都是错上加错，最后落得满盘皆输。

她知晓宽厚大度，却免不了后宫女人最容易犯的醋性。数之不尽的美人天天穿着招摇的衣裳在她眼前晃晃荡荡，她瞧着就心烦，她们一个个盛宠有喜，她身为正宫却未能有孕。

她让尚美人罚跪了两个时辰。太后娘娘也听到了这消息，却装作不知道，任她处罚性子张扬的尚美人。

在这宫中她最恨尚美人那张嘴，简直是狗嘴里吐不出象牙来，只晓得挑她的痛处明说暗讽，把她比作不会下蛋的母鸡。总有一日，她要撕烂尚美人那张嘴。

赵祯夜晚来她的宫殿，似醉非醉地指着她说："当日母后若晓得你是这等脾气，也不晓得还会不会固执地将你立为皇后。"

这个答案，她可以告诉他，会的。

太后曾私底下同她说，其实她这样明艳活泼、直来直往的性子，不适合尔虞我诈的后宫，但赵祯性子仁慈温厚，有这样一个张扬的皇后，也算是互补，张美人之流性子太过温润，恐难令六宫信服。太后没有躬亲养育过他多久，却也盼着他幸福。

朝堂上少了那把垂帘听政的椅子后，赵祯成了真正的皇帝，手握实权，说一不二。

他批阅奏折，上朝问政，越来越少召幸她，她的脾气变得越来越不好。漫漫长夜，伴着墙壁上映着的烛光，她常常睁眼到天明。

她带了新鲜的瓜果去赵祯宫里，赵祯正慵懒地躺在软榻上听尚美人吹笛，尚美人瞧见她来了，礼也不行，权当没看见她这个皇后，一曲作罢还故意说："皇后娘娘，嫔妾今日同皇上一起去看望了刚刚被诊出喜脉的姐姐，您说，是不是可喜可贺啊？"

她大步走到尚美人身边，抓住尚美人的胳膊，怒道："我今日非要惩治你！"她扬起手，赵祯却微怒扯开了她："皇后你在干什么！"

她一掌下去，待发现是赵祯后已经来不及了，他白皙的脸上印上了她的手掌印。

宫人纷纷跪倒一地，尚美人都被吓愣了，赵祯气急，拂袖而去，眼中尽是怒气。

掌掴皇上，前无古人。赵祯以她无子为由，将她降为净妃，移居道观。

刘太后果然慧眼识人，她真的不适合这后宫，喜怒形于色，不得皇上喜爱，出现的时机那样令人讨嫌。

道观终日无事，她是带发修行的皇妃，也不用抄经念文，家中长姐送了几卷书让她打发时光。远离红尘，不问尘世，长姐常常写些书信将幼儿的事说与她听，日子倒也不闷。

宫中有人传诏说赵祯思念她，特地谴宫中伶人弹唱曲子给她听，她却已经提不起兴致。宫人说，赵祯想要接她回宫。

早知如此，何必当初，她不卑不亢地答："那就叫文武百官亲自迎我回宫。"

他另立曹皇后，宠幸张美人，她回宫去做什么呢？无非惹人生厌，徒叫人恼怒。他的一时之喜、一时之念，不过是偶然想起，帝王之爱，本就薄凉。

在这道观度此余生，倒也是一种修度。

清悟，幡然醒悟，她参透的不是皇后之德、端庄贤淑。

她多想回到选秀入宫那年，定要想方设法逃过那场劫，避过那个人，做一个平常女子，嫁一个如意郎君。

道观的路很长，回宫的宫人满身是汗，身上仿佛有千斤重担。

兖国公主：
愿我如星君如月

兖国公主，宋仁宗爱女。婚后与驸马感情不和，爱上内侍梁怀吉，礼法不容，司马光多次上疏请求宋仁宗惩罚兖国公主，仁宗不忍。后公主精神失常，几度自杀。

• • •

汴京城下了三天三夜的大雪。

天刚蒙蒙亮，宫殿扫雪的宫人就拿起扫帚开始打扫厚厚的积雪。

她身上穿着厚厚的衣裳，寝宫内生着炭火，如梦舀了一盆温水，小心翼翼地替她洗面。

她一动不动，眼睛都不眨一下，就这样望着殿外的宫人在凛凛寒风中扫了一下又一下，那厚厚的积雪被铲开，青石板上湿淋淋的，宫人将被冻得通红的手捂在嘴上哈了一口气。

她顿时落下眼泪，一颗接着一颗，怎么也控制不住。

如梦瞧着她又湿了眼眶，轻唤她一声，却又不知从何安慰，只能递出一张绣着兰草的帕子，轻轻擦去她脸上的泪珠。

　　"不知怀吉在皇陵是不是也这样受寒受冻。"他被贬出京城，去往洛阳那地方，不知会不会受人欺负，遭人耻笑。

　　"公主放心，皇上定然会派人关照梁……梁公公的。"如梦低头安慰着她，声音小小的，如蚊子一般。

　　父皇定然对她失望透顶，堂堂公主成了朝堂上的一桩笑料，士大夫纷纷上疏要父皇严惩她这等有损皇家颜面的公主，母妃也对着她叹气又叹气。

　　好事不出门坏事传千里，天下百姓都晓得了她的所作所为，然而，她并不后悔。

　　一朝公主与当朝内侍的丑闻，被传得有板有眼，父皇迫于群臣的压力将她贬为沂国公主，内侍梁怀吉被发配到洛阳守皇陵。

　　向来将她放在手掌心宠着的父皇，知晓她同驸马李玮水火不容，将她接回了皇宫，眼神里是显而易见的恨铁不成钢。

　　她与梁怀吉隔着千山万水，也许此生不复相见。

　　她被人唾骂，遭受群臣上疏声讨，忍受婆母鄙夷，沉默看着情人远去，每一种痛苦都将她逼得几近崩溃。

　　她试过上吊自杀，恰好被贴身宫女发现及时救下，从此父皇便派人寸步不离地看着她。

　　她不是没有动过挥刀自刎的念头，那日她借了宫中带刀侍卫的刀瞧瞧，隔日宫殿内所有尖锐利器全部消失不见。

　　跳湖自尽她偶尔也想过，可她仅仅站在那栽满莲花的池边，就被宫女坚决拦下。

　　她曾经是最尊贵无双的兖国公主，父皇钦封，享受别的公主姐妹都没有的册封待遇，赏银俸禄堪比当朝皇太子，宫外的公主府也是金山银山堆叠。素来主张节俭朴素的父皇在她的公主府建造上却一反常态，琉璃瓦、夜光杯、亭台楼榭、池塘假山，每一处都彰显着皇室的尊贵无双。

　　有人曾言："生女素来是弄瓦之喜，兖国公主却是皇上的掌上明珠，无人能及。"

　　母妃也因为她受宠水涨船高，成了当朝贵妃。

　　可是公主之躯又如何，在情感上她不过是一个可怜之人，求而不得，所得非爱。

　　垂帘听政的刘太后薨逝后，父皇知道了李宸妃才是他的真正生母，为了宽慰死去的李宸妃，父皇将李宸妃仅剩的亲人提拔任用，一个原本只是靠着小生意谋生的老男人，一跃成了当朝国舅爷，她作为父皇最宠爱的公主也被赐婚嫁与国舅爷的第二子李玮。

　　在她刚刚明白男女之情为何物时，她就已经心有所属，那个人是她的贴身内侍梁怀吉，陪伴她数年光阴的男子。

　　女儿家情窦初开，那按捺不住的心思瞒得住偶尔来探望她的母妃却瞒不住喂养她长大的乳母，乳母恨铁不成钢地劝她："内侍与公主完全是云泥之别，内侍连个真正的男人都算不上，如何配得上高高在上的公主，公主可千万别犯糊涂啊。"

　　读过的诗书、学过的道理，她都明白，她与梁怀吉中间隔着千山万水，纵使他日日陪在她身边，最后也不过是一场绮梦而已。如果感情是可以随心控制的，世上哪来那么多痴心女子负心汉的故事，在他面前她隐藏不住自己的喜欢。

"梁公公，今日为本宫读《论语》吧，你给本宫说说其中的道理。"身穿一身粉色绣着海棠袄裙的她一边剥着葡萄皮，一边发号施令。

比她大上几岁的梁怀吉身材颀长，剑眉如画，低低应了一声好，取了书本来，见她还在吃个不停，温和地道："公主，葡萄虽是个好物，多吃恐伤身。"

"噢。"她放下手里的葡萄，在侍女递上来的湿布上擦了擦手，"你开始念吧。"

其实《论语》她都学过，夫子严厉，她又天生聪慧，早将那书本都背得滚瓜烂熟。她让他一遍遍重复这些不过是想多听听他的声音罢了，他总是毕恭毕敬、寡言少语，她想听听他说别的，哪怕是念枯燥的书本。

"有朋自远方来不亦乐乎。"他声音温和，总让她想起宫殿门外的槐树，清冽、干净、踏实。

他就是自远方来的人，是上天给她的惊喜。

阳光温和，草木森森，清风朗朗，正是人间四月好时节，宫廷里的皇家男儿之间举行了一年一度的赛马比赛。她是女儿家，没有机会参加，心里羡慕得紧，便偷偷向父皇求了恩惠，准许她出去骑马。

"梁公公，本宫今日要骑马，你就同本宫共乘一骑。"她换了骑装，一身明黄色的便装穿在身上简单大方，将她衬得更加骄傲明艳。

站在一旁的梁怀吉忙跪地推辞："公主乃千金之躯，怎可……"

他话还没说完就被她打断："护住本宫的安危，你再合适不过。好了，梁公公，莫要再推辞了，赶紧换装。"

她走在前头，脚步轻快，笑得眼睛眯成了一条缝。对付他，就是要这样不讲道理，他这人吃硬不吃软。

刚开始她只是将他看作一个有趣的兄长。他会在她因为父皇腰疼急得束手无策时，为她推荐名医；在父皇躺在龙榻上不能行动，她守着憔悴的父皇日夜不眠时，他会为她披上一件厚厚的斗篷。

此人严肃清明，她就是忍不住想要逗逗他，看看他的底线。究竟是从什么时候开始，兄长情愫转变成男女之情的呢？

她也说不清楚，兴许是她情不自禁地盯着他看时，他微红着脸别过眼，轻咳两声，严肃地说："公主看什么呢？"他可能没察觉到他的耳朵早已红透。

也可能是她亲弟弟早夭，她哭得上气不接下气时，他用自己的事迹安慰她，说进宫多年见不到亲人听不到家乡的消息，却一直坚强隐忍。

情愫滋生，便一发不可控制，如同那火苗转眼就能燃起熊熊大火，烧红半边天。她亲近他时，心扑通扑通跳得毫无规律，她喊他"梁公公"时眼中充满了异样的情愫，她的异样失态，细心的他有所察觉，对她有意无意间多了闪躲与回避。

她同他说话时，他的眼睛总是看着地上，不敢与她对视；她要他同她去骑马时，他说近日有伤。

一个步步紧逼，一个避之不及，她不喜欢他对她疏远的样子，两个人仿佛离着十万八千里。

"公主，莫要再痴狂，自古从未有过皇女同内侍能双宿双飞的。"乳母语重心长地劝她。

她通读诗书，当然知道她与他之间是毫无可能的一场空想，她的婚事关系着朝堂大事，就算父皇对她宠爱万分，准许她自己挑选夫婿，可世上男子千万如何也轮不到他。

福康公主，福寿安康，她这一生有享不完的荣华富贵。再晋封兖国公主后，她被嫁与李玮。

一身红衣，贴着花钿，对着菱花镜，她面生愁容："怀吉，我今日美吗？"

梁怀吉答："公主倾国倾城，驸马定然一见倾心。"完全挑不出任何错处的恭贺之言，她听着却心如刀割，苦笑连连。

今日之后，她将是李家妇，虽然他还是她的贴身内侍，伸手可触，她却已嫁作他人妇。

驸马生得丑陋，身材壮硕，浑身上下一股子铜臭味，还整日同那些个不学无术的世家公子混迹市坊，她打心眼里鄙夷。可是为了让父皇和母妃放心，她只能拉着丑驸马终日做戏，塑造出夫妻情深、恩爱不疑的形象。

可这样的日子何时是个头？婆母为人粗鄙，公公整日不着家，夫君令人生厌，她越发惆怅，疲倦烦躁，日日将自己灌醉。

梁怀吉看她日渐消沉，也说不动她。

"怀吉，我日子过得好苦，你真的一点都不喜欢我吗？"她眯着眼睛，耳根子泛红，不知是酒醉人还是人自醉。

梁怀吉长叹一声，扶正了她，面无表情道："公主，你醉了。"

她眼眶泛红，眼泪一颗颗落下，流进酒杯里，溅起水光："怀吉，如若有来生，不管你是梁家郎还是李家郎，也不管你是富贵公子还是落魄小子，我一定要嫁给你。"

她喃喃自语，无人应答。梁怀吉听着她絮絮叨叨说着胡话，眼中染上了深意。

瞧，连对他袒露心事，她都要借着醉意说个一干二净，他眼里尽是惊愕，想必心里也是有她的吧。

万籁俱寂，婆母忽然破门而入，指着她破口大骂："你们这对奸夫淫妇！"肥硕的老妇脸上满是怒气，唾沫星子喷在了她的脸上。

撕破脸皮也好，这日子她真是受够了！她深夜急急回宫求见了父皇，将这事一桩桩道来，请求父皇将她与李玮判个和离。两人本就毫无感情，阳春白雪，下里巴人，完全没法子一起生活。

她说她爱梁怀吉。

结果可想而知。群臣哗然，汴京城人人都知道了那个当日得皇上钦封的兖国公主居然爱上了内侍，还被婆母抓个正着。

"怀吉，我就问你一句，你心里可曾有过我？"他临行前，她求着父皇母妃去见了他一面，形容憔悴的他一言不发地低着头，直到她离开。

她求的无非一句他心里有她，这便足矣。

便是那样一句话，他也不肯如她所愿。此去洛阳，千里迢迢，二人相见遥遥无期。他没有留给她念想，就这样不带一物乘着马车远去，扬起一地的灰尘。

西风徐徐，风风雨雨，一年又一年，宫殿门口的青石板已经长满了厚厚的青苔，稍不留神，就会滑倒。

偌大的宫廷里，有宫人窃窃私语："听说兖国公主相思成疾，有些神志不清了，皇上爱女心切，不顾大臣劝阻，这才召回了梁公公。"着深蓝衣裳的内侍眼睛左看右看，声音低低的，生怕别人听见闹到主子跟前。

汴京街市熙熙攘攘，包子铺前热气袅袅，一个身穿青衫的男子买了两个包子，伙计多看了那长着胡须的男子几眼："你是梁公公？"

坐在池塘边拿着竹竿钓鱼的她，忽然瞧见一双黑靴，抬头一望，那男子对她和煦一笑，比天气还要清朗。

她鼓起腮帮子，眼中一片清澈，好似不识愁滋味的少女，仰起头吩咐："梁公公，我要听你念《论语》。"

"今日给你念一首别的。"青衫男子从包袱里拿出一本泛黄的书。

山有木兮木有枝，心悦君兮君不知。

唐琬：曾是惊鸿照影来

唐琬，曾嫁给北宋诗人陆游为妻，因婆母不喜被休。后唐琬与丈夫于沈园游玩时偶遇陆游，陆游作《钗头凤》，翌年唐琬重游沈园，和诗一首。不久，唐琬郁郁而终。

◆ ◆ ◆

"蕙仙，你不用说，我都明白。"床榻上，一个妇人气若游丝，旁边的男子小心翼翼地将汤药喂给她喝。

那棕褐色的汤药喂进去了，又流出来，帕子怎么也擦不尽："士程，待我死后将那凤钗和我一起埋了吧。"她的声音断断续续，气息越来越微弱。

花园中梅花一片片落下，无人问津，房间里男子抱着妇人的身躯痛哭流涕，周围的丫鬟也都泪流满面，一个个跪在冰凉的地板上，低低啜泣。

赵府到处都是一片白，前来吊唁的人安慰着那跪在灵堂前的男子："士程兄，嫂夫人仙逝，节哀。"

那男子恍若未闻，只是直直地看着牌位上一刀一刀雕刻的"爱妻唐琬"字迹，失魂落魄，脸色蜡黄，谁也瞧不出那是英俊无双的皇室后裔赵士程。

那凤钗锻造得精致无双，而如今它黯然失色地躺在唐琬冰凉僵硬的身体旁，安安静静的，再也没有人打搅。

阳春三月，姹紫嫣红一片，杨柳扶风，柔柔地拂着少男少女的面。

唐琬慵懒地靠在床榻上，轻启朱唇，念着："关关雎鸠，在河之洲。窈窕淑女，君子好逑。"

"小姐，你念这些诗句，仔细老爷听见了啊。"丫鬟一边细声细气地劝着她，一边竖起耳朵留意外面的动静。

"你这个小丫头，倒是有意思。"唐琬坐了起来，心情大好，"小丫头，本小姐今天兴致不错，教你识几个字，快去取笔墨纸砚。"

那丫鬟摇摇头，一本正经地说："小姐，女子无才便是德，小姐不如绣绣花？"丫鬟眨眨眼睛，提了个打发时光的好建议。

"无趣。"她掀帘走出房门，嚷嚷着，"关关雎鸠，在河之洲。窈窕淑女，君子好逑。"什么女子无才便是德，那都是些骗人的玩意，成天绣花还能绣出个神仙来不成。倒是诗书有些意思，有黄金屋和颜如玉。

她三岁识字，五岁能成诗，才情实属一流，手帕之交也都是些喜好诗书的闺中女儿家。

她的父母兄族都是温厚的性子，对她素来宠爱至极，把她教养成了一个贤淑有才的姑娘。她还未及笄呢，提亲的人就排着长队不停地送礼打探唐家风声。

后来，陆家老爷以一支家传的凤钗作为信物，订下了陆、唐两家的婚事。本是沾亲带故的亲戚，这等亲上加亲的好事，唐府上下自是笑得合不拢嘴。

陆家公子年方十七，文采斐然，写得一手锦绣文章，性情宽厚，是个可以托付终身的人。

那凤钗巧夺天工，精致无双，每一处都经过精细打磨和雕刻，是陆府世世代代传媳不传子的宝贝。她第一眼就看上了那支凤钗，将其插在发间，果然衬得人更加明艳。

一支凤钗，她从唐家女成了陆游妻。

她在少时是见过陆游的。少年随父母来唐府游玩，听说天资聪颖，小小年纪就已经在城里负有盛名，几个哥哥自然是想要与他比试比试。

她恰好那日要寻二哥哥，向他借几本书来读读，上次那几本兵家书籍她实在是提不起兴趣，翻了几页只觉得枯燥无味，直打哈欠。

隔着老远，唐琬就听见二哥哥房里声音嘈杂，似是有许多人。她推门而入，便瞧见了陆游在作诗。

几个哥哥合起伙来捉弄他，规定他们出一首，陆游必须得和一首，这不是欺负人嘛。她当时就替那个穿着白衣的男子打抱不平，"哥哥，你们这是仗势欺人，故意为难人家，非君子所为！"

众哥哥唉声叹气，数落她胳膊肘向外拐，居然不帮着自家人。他们两人站在一起，金童玉女，瞧着似一对，哥哥们干脆开起了玩笑：

"蕙仙，将来把你嫁给陆游好不好啊？"

她恼羞成怒追着嬉皮笑脸的哥哥满房间跑，陆游站着不动，瞧着兄妹二人追追赶赶，以此为题，还作了一首诗。

一语成谶，若干年后，她嫁给了陆游为妻，几个当年羞辱他的哥哥都成了他的舅子，他又被哥哥们一阵数落。

一阵风吹来，花香四溢，陆府生活一切安好，她同陆游感情深厚，除了婆母有些严肃，其余都还算舒心。

满腹才华的陆游为她写了好多情诗，每一首都不相同，柔情蜜意，诉不尽的欢喜，偶有灵感时，她也会写几首应和他。

"蕙仙，你去那海棠花旁站着别动，我来画你。"昨日狂风骤雨，今日雨过天晴，那海棠上沾满了水珠，煞是好看。陆游拿来纸笔，她摆好了姿势，一幅《海棠美人图》徐徐而成。

他总是抬头看她，目光深深，弄得她有些不自在，偏偏为了追求逼真效果，又不能大幅度动作。

"夫君，你快一点，好了没？"她急急催促。

陆游忽而收起笑意，她还没来得及问，就听见婆母严肃的声音："游儿，你每天就这么虚度年华吗！娶妻是督促你考取功名的，不是让你沉迷情爱忘记男子正事！"

他放下纸笔，低头认错，婆母眼中满是不满，直直地盯着她。他拉了拉她的衣袖，她开口道："都是媳妇的错。"

"还真是你的错！"婆母拂袖而去。

考取功名、金榜题名乃男子大事，娶了她后，他渐渐少了深夜苦读，将大把时光都放在她身上，二人情深满满，好似天地之间只剩彼此，旁的都是一片虚无。

连她也觉得这日子是琴瑟和鸣，只羡鸳鸯不羡仙。

她拿着《海棠美人图》与休书离开了陆府。为了赶走她，婆母棒打鸳鸯、以死相逼，陆游只得以无子为由将她休弃。

她带着包袱和陪嫁丫鬟坐着马车回到了唐府，二哥哥将陆游打得鼻青脸肿，扬言将来定要陆游后悔。

陆游抱着她哭得很伤心，信誓旦旦地说："等我金榜题名，一定上唐家负荆请罪，重新迎娶你过门。"

孔雀东南飞，五里一徘徊。那口口相传的汉乐府民诗她早先总觉得不过是后人杜撰的故事，哪有贤惠如刘兰芝，还会被婆母不喜。如今她是信了，她与陆游情投意合，谁知婆母一句不喜，逼得陆游给了她一纸休书，她莫名其妙地就成了下堂妻。

呵呵，金榜题名，待他金榜题名时恐怕早已另娶他人。男子心易变。

失魂落魄的唐琬在唐府日日以泪洗面，那幅《海棠美人图》沾上泪水，已经模糊不清。

她除了想念他还是想念他，吃不好、睡不好，绣花也是他，写诗也是他，那一首首情诗她全部倒背如流，却还是走不出那深渊。

母亲说陆游已另娶王家女为妻，也帮她相看了一桩亲事，那男子名为赵士程，早些年就对她一见倾心。

生活本就如一潭死水，和谁生活在一起都是一样的。她穿着大红嫁衣，梳上精致的发髻，坐上花轿，嫁给了赵士程。

赵士程怜她、宠她，待她很好，赵家上下也无人因她是二嫁女而给她脸色看，都客客气气地敬重她，赵士程说："蕙仙，我弱冠之年曾与你有过一面之缘，你定是不记得了。"

如果十四岁那年她没有因为肚子疼半途折返，那么按照原计划她就会在对岸见到青衫飘飘、彬彬有礼的赵士程。结局是不是要幸福许多呢？

赵府人人待她礼貌温和，婆母亲厚、公公体恤、丈夫温润，这等安逸的生活几乎让她产生一种错觉，陆府的那几年仿佛只是黄粱一梦。

冷冷清清的沈园，在阴沉沉的天气里并没有多少游客，她也不晓得怎么就起了兴致要去逛逛。赵士程陪着她，二人有说有笑，赵士程说她近日气色不错。

四目相对，留着胡须的陆游携他的妻子王氏也来这沈园散心。她微微一愣，脚下霎时似有千斤重。倒是赵士程温朗的声音徐徐道出："相请不如偶遇，陆游兄不防一起小酌几杯。"

意气风发的陆游因为科举失利失意惆怅，她看着他就像看着一个陌生人，再也提不起当年的怦然心动，徒有一声叹息。

他佯装不经意地问她："是否安好？"

她回以浅浅一笑。

身子病弱那年，她又抽空去了趟沈园，瞧见那壁上有一首词，字迹熟悉，正是陆游所写。错！错！错！他悔恨交加。莫！莫！莫！山盟海誓历历在目，二人却皆已各自成婚，愁绪满怀、痛苦不堪。

大概是最后一次和诗，她一时感慨颇多，提笔写道："世情薄，人情恶，雨送黄昏花易落。晓风干，泪痕残，欲笺心事，独语斜阑。难！难！难！人成各，今非昨，病魂常似秋千索。角声寒，夜阑珊，怕人寻问，咽泪装欢。瞒！瞒！瞒！"

她忘不了微雨蒙蒙天，他撑着一把油纸伞，带她游山玩水，那年沈园人潮拥挤，他紧紧牵着她的手，生怕被人潮冲散。

不久，唐琬病逝，那支凤钗陪她一起长眠地下，被一抔黄土掩盖。

风风雨雨，沈园依然静伫在那里不倒不移。

鸟语花香时，燕子在沈园衔泥筑巢，叽叽喳喳的鸟声热闹了整座园子。

阳光毒辣季，莲花盛开美不胜收，满腹才华的文人才子留下一句句诗篇。

明月皎皎时，才子佳人花前月下，情似鸳鸯。

白雪皑皑季，层层白雪让那园子显得静谧安详。

某日，一双母子来沈园游玩，肉嘟嘟的小男孩指着远处那个头发花白、步履蹒跚的老人，对着面色姣好的妇人说："娘亲，那个老爷爷好伤心啊！"

小短腿跑进园子里左瞧右看，忽然像是发现了惊天大秘密，拖着妇人："哎，娘亲这里有字耶，我念给你！"

"伤心桥下春波绿，曾是惊鸿照影来。"小男孩一字一顿，念得很是认真，那被风雨侵蚀的字迹有些已经模糊不清。

妇人满意地摸着小男孩的头，夸赞道："你认识的字倒是挺多。"

小男孩仰起头，炫耀道："夫子常夸我呢。"

风轻轻，水潺潺。

玉簪

萧燕燕：
似曾相识燕归来

萧燕燕，辽景宗皇后，自幼聪慧过人。辽景宗死后临朝听政，与幼时曾有过婚约的大臣韩德让共商强国大计，带领辽国走向黄金时期。

◆ ◆ ◆

燕燕于飞，差池其羽。之子于归，远送于野。

来世她愿意为韩夫人结草衔环，今世就让她放纵自私一回。

少子年幼，江山不稳，时局动荡，她太需要一个人全心全意地辅佐他们母子二人，而这个人非韩德让莫属。

宫人匆匆来报，俯身到她耳边说韩夫人已经暴毙。

一切顺利。

天空一片湛蓝，不染一丝尘埃，纯净得一如她初次遇见他那年。那时她大胆张扬地问拉着弯弓的少年："韩德让，你何日迎娶我过门？"

兜兜转转，过了那么多年，她养育了三子三女，在朝堂上杀伐果断、贤明大义。他娶了夫人养儿育女，隔着君与臣的百尺距离，还是要成为她的新郎。

太后下嫁宰相，上下同喜。契丹的风俗让她可以光明正大地接受朝贺，她身穿大红嫁衣，笑得比第一次嫁人那年还要羞涩。

她的眼角已经添了几道细纹，心思也不再如十多年前那样单纯，他也留起了大把胡子，不是白衣胜雪的温润男子，身上满是才智谋略，出口就是治国之道。

他牵过她的手，掌心的厚茧贴着她批阅奏折也起了厚茧的手指，二人相视一笑，似乎跨过了许多年。

"燕燕于飞，差池其羽。之子于归，远送于野。"萧家有三女，萧思温最是看好小女儿萧燕燕，她自小聪慧机智，做事一丝不苟，爱读书爱钻研，在学问上从不马虎，秉承着"知之为知之，不知为不知"的态度，能力学识都远胜前头两个姐姐。

年幼时，她同姐姐一起跟着父亲研究地图，几个人围坐在一起，她年纪最小，却看得异常认真。她被父亲抱在怀里，好问地指着那个画了三角形的标识问："父亲，这是什么，那是什么？"

她对那张地图很感兴趣，问个没完没了，其他两个姐姐却一言不发，萧思温大笑："燕燕那么喜欢地图，将来行军打仗定是不容小觑啊！"

旁边两个姐姐也忍不住看着她笑。

哼！一瞧他们那样子就晓得又在调侃她，行军打仗，有何不可？

父亲常常教导她们事必躬亲，因此打扫家中卫生也成了她们逢年过节必须执行的任务。扫地、擦桌子、擦地板，她一样一样认真完成，非要将那上面的灰尘全部擦掉，不放过任何一个角落。姐姐们早早就打扫好了，眯着眼睛在院子里沐浴阳光，只剩她一个人还跪在地上擦桌角。

她听着外头清脆的笑声，努了努嘴，加紧了进度。她想要早早擦完，也和姐姐们一块玩耍。

父亲推门而入，见她还跪在地上擦桌子，用手检查了柜子、窗户，全部一尘不染，便喊了姐姐们前来当众表扬她："燕燕做事一丝不苟，细节之处都没有放过，可成大事啊，你们要好好向燕燕学习。"

一望无际的草原上，赛马的男男女女在马背上有说有笑。姐姐们一个个出嫁了，就连最小的她也到了谈亲说嫁的年纪，父亲对她的婚事一点也不操心，只说她是有福之人。

父亲常带着她去领略草原风光，说可以拓宽视野、开阔心胸。人哪，只有看到了外头的风光景致才晓得自己渺小如沧海一粟，也唯有看到了世界之大才能不拘泥于所见所闻，领悟生活中处处是学问。

远处有一白衣男子举着弓箭在射击，隔得有些远，她看不大清那人的长相，那男子射完后并没有惊呼欢悦，倒是看靶的人哈哈大笑。父亲徐徐走到那头，同那男子身边穿着官袍的人说道："虎父无犬子啊，久闻德让文武双全，小小年纪不急不躁，正中靶心，泰然自若，倒是难得。"

那是她第一次见到韩德让，她略带好奇地凝视着这个兄长口中百步穿杨本领的男子，大胆地与他交谈。

父亲抚着胡须同那官袍男子静默不语，一副看好戏的样子，白衣男子放下弓箭，徐徐道："燕燕于飞，差池其羽。"

她惊讶道："你怎么知道我的小名？"女儿家的小名素来只有双亲知道，旁边两个一大把年纪的男人也是略略诧异。

白衣男子爽朗一笑："姑娘的帕子上绣了一个燕字。"他眸中有光，温润如玉。

双方父亲见他二人郎才女貌、门当户对，又以这样的方式相识交谈，当即口头订下了亲事。

临走时，她扯了扯他的衣袖，抬起头凝视着他："以后嫁给你了，要多多谦让啊，你比我大上许多呢。"

他笑着对上她的目光，一阵风吹过，衣衫飘扬："自然。"

她的夫君和父亲一样，这般俊朗温和，德让，这名字读起来朗朗上口，好听得一塌糊涂。

奈何天有不测风云，人有旦夕祸福。父亲跟随皇上去山林打猎，喝得酩酊大醉的皇上被侍卫杀害，不治身亡。次子耶律贤登基成为大辽的帝王，年仅二十二的男子，大封有拥立之功的父亲为当朝宰相，还将萧家唯一未出阁的她接进宫，册封为贵妃，以显尊贵。

一切快得令人措手不及，翻云覆雨间她就从萧家小女变成高高在上的皇妃，侍奉着年轻的帝王。

皇上钦封，无人敢抗旨。她撕毁了写了一纸的"温良恭俭让"，梳妆打扮，熏香换衣，踏入深宫。

耶律贤是个勤勉贤德的皇帝，期望大辽能够在他手里变得鼎盛富强。她入宫不过三个月，就被册封为皇后，母仪天下。

封后大典那天，她站在高高的台子上，远远地望着身穿一身官服的韩德让。他看着她，她也在看他，不过是百尺之遥，却似隔着千山万水，她苦笑："众爱卿平身。"

她站在云端，与君王比肩而立，指点江山。

他俯首为臣、建言献策，从未对他人言过二人曾有过的婚约，只为她不受闲言碎语所累。

皇子、公主一个个降临，耶律贤的身子越发孱弱，他躺在龙榻上反复咳嗽，小女儿哭哭啼啼："父皇，你快点好起来吧，我还要坐在你肩头摘花花。"

耶律贤慈爱地摸着小公主的头发，安抚道："父皇马上就会好起来，你们出去玩吧，可要快快乐乐的。"

耶律贤重病不起，朝政大事都落在她头上，她代耶律贤处理军国大事，每日早起上朝听政，夜深人静时，还在批阅奏折，苦不堪言，却也别无他法。

有大臣认为她不过一个妇道人家，却要过问江山大事，实在不妥，那些大臣被她训斥一番后仍然不死心，居然闹到了耶律贤面前。

耶律贤在病榻上召集了大臣，亲口确立了她的地位："日后皇后之言，可称朕。"他浑身虚弱却固执地将全部信任给她，她成了名副其实的第一人，同君王同等高度。

临朝问政时，她从容不迫，一桩桩事都亲自过问。父亲说过她聪慧机灵，没有什么事可以难倒她。父亲虽不在人世了，但他的话她历历在目，全部记在心里。

江山社稷，压得她没有心思再念及早已流逝在岁月中的儿女情长。这偌大的江山，容不得她喘息、休憩。

召集大臣议事时，她已经可以直直地问韩德让看法及对策，眼神毫不避讳。

他素来文韬武略、智谋过人，每一次的建议看法她都毫不犹豫地赞同，不带任何情绪。

他娶妻那天，她站在城楼上吹了许久的风，听着远处偶尔传来的缥缈乐声，强硬地给自己的心上了道锁，不进去也不出来，就是这样远远观望，不去触碰，不去念想。

"德让，如今你我各自安好，甚好。"

一碗碗汤药，还是没有挽留住耶律贤孱弱不堪的身体，她带着儿子坐在了那把龙椅上，底下臣子高喊："吾皇万岁万万岁，太后娘娘千岁千岁千千岁。"她忽然觉得身心疲惫，孤儿弱母，何以为政？

江山不稳、时势严峻，父亲被杀、耶律贤之父被杀，这一桩桩触目惊心的遇害之事，让她整日提心吊胆。

今日她在朝堂上指点江山，明日也许就会身首异处。她太需要一个人来依靠，全心全意地信赖他，让他为她分忧解难，让这江山稳固富强。

年少时百步穿杨后神色不变的他，在朝堂上慷慨陈词句句在理的他，实乃不二人选。况且年少那些情愫并没有随风飘逝，如今无人阻拦、无事阻挠，她可以实现当年的愿望，风风光光地嫁给他。

下朝后，她单独留下了韩德让，年过不惑之年的他风姿依旧，她开门见山，毫不避讳地同他说："当年那桩婚约，如今可以实现，不知你是否依旧愿意多多谦让？"

十多年前，她张扬聪慧，如同那芍药，仅仅一眼就足以让人念念不忘；如今岁月悠悠，她变得成熟端庄、举止充满皇家气度。她的一句话就让他缴械投降，一个简简单单的"不"字他怎么也说不出口，她是他想拒绝也拒绝不了的白月光。

也许她待他早不似当年云英未嫁时简单纯粹，孤儿寡母抓住他就像抓住一根救命稻草，混杂了权势、地位这些杂尘，但他依然如当年所约般事事以她为尊，从不让她皱眉生气。

终其一生，他为了大辽江山呕心沥血、鞠躬尽瘁，修法度、重人法，江山似锦，一片繁华，携当年许下婚约的女子，比肩而立，受万人敬仰。

管道升，世称"管夫人"，乃"楷书四大家"之一赵孟頫的夫人，善书画，其行楷与赵孟頫颇为相似。两人伉俪情深，后赵孟頫生出纳妾心思，管道升作《我侬词》，此词情感真挚，赵孟頫大为感动，二人和好如初。

◆ ◆ ◆

虎皮鹦鹉被关在笼子里，她踮起脚拿了根柳枝逗弄那小玩意，鹦鹉上蹿下跳，碧绿色的羽毛在柔光的映衬下更添几分美色。

"道升，这回信我写好了，不过出了点差错。"他吹了吹未干的墨迹，从案头抬首冲着正在逗弄鹦鹉的妇人说道。

她倒了些水放在手掌心，高高举起喂那鹦鹉："哦，难得魏国公也会犯错啊。"

她用手绢擦了擦手，踱步到他身边。原来他将那回信的名字顺手写成了他的，醒悟后将那字迹涂去，改成了"道升"，刚劲有力，挥洒自如。

她与他字迹相仿，不细看难以分辨出究竟何人所写，故此家书常常由她念，他执笔。这封慰问婶婶的书信自然照旧，她说个大概意思，他再从中发挥。

"你倒是越来越懒惰，连家书也要为夫代劳，就不怕生疏倒退吗？"他调侃她。

她练字习画几十载，一手毛笔字体态修长、刚健沉稳，连他初见时也惊叹不已，直言此女子功底堪比当年王羲之师卫夫人。按捺不住诧异的他，固执地想要见一见写得这样一手好字的女子，遂有了这桩姻缘。

"这倒不会，练字几十年不至于因为少了这几日便退步，就怕夫君又按捺不住蠢蠢欲动想要纳妾的心。"她定定地看着还未干涸的墨迹，轻飘飘道。

他顿时脸色一僵，尴尬不已。这是他当初一时迷了心窍犯下的错，幡然醒悟后，成了她调侃他，他却无法反驳的话柄。

"夫人饶了老夫吧，莫要开玩笑。"他靠在她身侧，用手肘轻轻抵了抵她的肩。

"魏国公不老，昨日还有人说你正值壮年，不要想着告老还乡呢。"她拿着狼毫在砚台上蘸了点墨，在案台上素白的宣纸上画了一支竹子，简单三五笔，线条流畅，神韵倍显。

他见她神色如常，眼中并无愠色，知她不过开玩笑，也拿起另一支毛笔在她的竹子旁画了一个老翁。

"年过半百，的的确确想告老还乡，趁着还走得动，去过过五柳先生一样的田园生活。"

他是宋太祖赵匡胤的后裔，身上流淌着皇室血脉，国破山河在，大宋江山亡，如今正值元代，他因饱读诗书，又是宋室后裔，被封为荣禄大夫，官居从一品，看似官大富贵，享尽荣华，却郁郁不得志，在这片山河上无法实现自己的理想抱负，唯有书画能稍抚心中困顿烦躁。

如今他已是知天命之年，只望能告老还乡，去南北山川看看，将那满腔抑郁寄托于山水之中，寻一处农居，过闲云野鹤般的生活，不问世事，远离红尘纷纷扰扰。

她蘸了点清水，在宣纸右侧写下自己的名字，叹了口气："我们同那鹦鹉是一样的。"鹦鹉在笼中，终日不需为食物操心担忧，自有人精心喂养，却只有狭窄的空间，飞不了，逃不开，如他们，看似锦衣玉食生活富足没有桎梏牢笼，却总觉得困在牢笼中，被无形的枷锁束缚，挣不开，也不知去往哪里。

她是淡泊名利之人，最是喜好潇洒自由的生活，他也一样，二人观念相同，甚少出现分歧。婶婶的书信中常常提到，他们夫妻是夫唱妇随、难得情投意合，既是夫妻又是知己，倒是难得的一对，也不枉她寻寻觅觅等了这么多年，青春不再，容颜稍减时遇上了他。

她善画梅竹，一笔一画都让见者惊叹不已，书法又是一绝，早在待字闺中时就已经名扬天下。婶婶抱着小侄子问了她好多次想要找一个怎样的夫婿，寻常人家的女子在她那个年纪孩子都到了娶亲之际，她却还没有任何动静。

她歪了脑袋，不假思索道："同我一样喜好书画不爱功名爱山水的人。"

这样的人最是不易寻，天下男子谁不想修身齐家治国平天下？爱好山水田园生活的男子屈指可数，婶婶轻拍着小侄子的背，哄着他睡觉，压低了声音："道升，这样的人世上只怕少有啊。"

"微斯人，吾谁与归。"那时候她撂下这句，一点都不担心嫁不出去被人嘲笑，只是期待有那样一个志趣相投的人，如若实在没有，那她又为何要强求自己嫁一个将来必定同床异梦之人。

满身才气的女子因为迟迟不肯嫁人，被一些爱嚼舌根的妇人说是"心比天高"，她也置之不理。名利累人，旁人的闲言碎语又何须挂齿，同她们计较生气不如多画几幅画、多写几幅字帖畅快。

父亲上京办事，也将她带上了，说让她多瞧瞧京中的男子，万一有看对眼的，那简直是皆大欢喜。父亲去谈事、议事时，她就在小客栈里写字画画，她想将字画卖了挣些钱，存些积蓄以备不时之需。京中不过几日，因为她名声在外，字画卖了好些银两，算得上丰足。

清风徐来，客栈桌上的宣纸被吹起，沾上了好些墨汁。小二忽然敲门，说是有客人拜访。

客人？她在京中没有手帕之交，也没有远房亲戚，推开门，小二领着一紫衫男子说："这位姑娘便是你要寻的人。"

起先，她以为他寻错了人，望着素不相识的面庞，微微蹙起了眉。那人却徐徐道："在下赵孟頫，久闻姑娘大名，书画着实令人仰慕，这才寻到此处，想要与姑娘见上一面。"

这人生得俊朗如画，却是一副登徒子的姿态。在家乡她见多了打着同她探讨书画的名义来调戏她的男子，早就见怪不怪。她脸上带着怒气，想将他赶出去。

他也不恼，从身后拿出一幅字画请她点评。她半信半疑地接过他的画，徐徐摊开，丛林深深，有马在河边饮水，右侧一行行楷题诗，自在潇洒，风姿尽显，那上头的字迹同她所写八分相似，让她不禁引他入门，好好探讨一番。

这等男子，实在难得，天下也寻不到一二，却这样机缘巧合地让她遇上。

她是他等了很久的"斯人"。二人志趣相投，性子相仿，一时之间点点情愫随着交谈加深加重，掀起惊涛骇浪。果真不枉此行，她成了他的妻。

他的同僚都知道他娶了一位才华横溢的女子，除了年纪有点大，其余一切无可挑剔。

她细心侍奉公婆，将他们当作亲生父母般事事念着想着，从未因为有几分才气便生出高人一等的心思；教诲子女，她循循善诱，言传身教，以慈母之言培养出如竹如梅一般有君子气节的儿女。

闲时画画，她画了一半剩下另一半空白留给他填补，他总能领悟她的意思，一幅出自两人之手的画愣是瞧不出半点瑕疵。

她同千里之外的家中长辈书信来往甚密，时常让他代写，末尾署上她的名字，顺手写惯了自己姓名的他，老是出差错，在那末尾涂涂画画，幸好无人瞧出来。

倒是婶婶打趣了两句："道升，你莫不是嫁人后把自己的名字都忘了吧，好几次涂改。"

他从不吝啬称赞她是贤妻，是红颜知己。世间女子无数，唯有她与他志趣相投，心有灵犀。滚滚红尘，他们相依相伴，风雨无阻，携手走过了一年又一年。

年老色衰，大抵是每个女子都会经历的。他看她的眼光不再如年轻时那般激动、兴奋，而是随着岁月的流逝变得平和。两个人在一起相处许久，深情满满，却还是到了他另有心思的那天。

时下，他的同僚家中都有姬妾数人，舞女歌姬更是不胜枚举，唯他一人，家中只有她一个蒲柳之姿的妇人，终日见之，欣喜欢愉也熬成了平淡如常。在同僚的打趣怂恿下，他也开始心猿意马，在家中同她相处时多了几分急躁试探。

她与他同床共枕几十载，怎么会不懂？君当作磐石，妾当如蒲苇，君心已有摇摆，她绝不能坐以待毙。昔日司马相如在京中忘记糟糠之妻，觥筹交错间也起了纳妾的心思，卓文君一首《白头吟》情真意切，字字珠玑，打消了司马相如的念头。

她提起笔写道："你侬我侬，忒煞情多，情多处，热似火。把一块泥，捻一个你，塑一个我。"当年二人情意绵绵，如胶似漆，走到哪手便牵到哪，生生离不开对方似的。

"将咱两个，一齐打破，用水调和。再捻一个你，再塑一个我。我泥中有你，你泥中有我。与你生同一个衾，死同一个椁。"她将笔置于砚台上，喊了丫鬟将这封字迹未干的信送去书房交给他。

窗外那株石榴花开得正好，一朵一朵红得如霞，如同她穿着大红嫁衣坐在轿子上，偷偷掀开车帘。队伍长长，穿着喜服的迎亲队伍抬着一箱箱物品，街上行人摩肩接踵，停下脚步看着迎亲队伍，京中这样繁华，已让人花了眼。

一封信令二人和好如初，他许诺她，永世定不再提纳妾之事。

"赵夫人，为夫任你处罚。"他眼神真挚，一番话说得诚恳。

你泥中有我，我泥中有你。

少了谁，都不是完完整整的。

多年后，她病逝南归途中。他这一生好写《洛神赋》，最后一回也给了她。

"远而望之，皎若太阳升朝霞；迫而察之，灼若芙蓉出渌波。"

洋洋洒洒，刚劲洒脱。

娄素珍：
东风吹上海棠梢

娄素珍，明朝人，乃宁王朱宸濠之妻，大儒娄谅之女。后宁王造反被抓，娄氏投河自尽。

◆ ◆ ◆

"等我登基为皇，第一件事就是将你册封为后！"他起兵造反前一夜信誓旦旦。

她坐立难安，久久不能平静。古往今来，多少王爷权臣因为造反落得满门抄斩的下场，成功者寥寥无几。此番他欲杀进京城，成为高高在上的皇帝掌管天下，他说他已做好万全准备，定能成事，况且皇帝昏庸无道，荒废朝政早就引起众大臣不满。

她苦心灼灼地劝过、低声下气地求过，还是阻挡不了他日益膨胀的野心，他是骁勇善战的大英雄，却也是镇压百姓、谄媚投机的"小人"，她不奢望他只手遮天，只希望他一生平安顺遂，两人携手看子孙满堂。

自他野心勃勃起，她终日担惊受怕，生怕他出一点意外。她吃斋念佛，希望菩萨能够饶恕他的罪行；她放生施恩，希望能够以她的恩惠抵消他的过错。

他抢夺民财，招兵买马，百姓对他嗤之以鼻，失望透顶。大街小巷，黎民百姓恨透了他，光是那些骂名和诅咒，她都听过千百回。

丫鬟见她面带惆怅，说要不派侍卫将那些嚼舌根的百姓抓起来，她摆摆手。何必，不过是手无缚鸡之力的老百姓，何况都是因为他抢夺钱财，才有了这些抱怨之声。

曾几何时，他也是个人人称颂的贤王，在皇家男儿里也是个中翘楚，剑眉朗目，英俊无双，是诸多闺阁女子魂牵梦萦的男儿郎。

他是宁康王庶子，因为前头没有嫡子，承袭便落到他头上，年纪轻轻已经是贵不可言的宁王殿下。

宁王，光是想着这字，一个宁静温润、翩翩君子的形象就自然而然地映在脑海里。

她的祖父是名满天下的娄凉，性情宽厚，饱读诗书，她自小在祖父的耳濡目染下也怀着仁爱之心，对一草一木、一砖一瓦都格外爱护，对于诗书也是颇有自己的见解，祖父常唤她去谈话。

竹林间知了聒噪地叫个没完没了，她坐在石凳上全神贯注地同祖父下棋，棋盘上她已落了下风，一时间冥思苦想，不知接下来棋子该往何处落。

一步下错，也许就再无回天之力。她捏着那一枚白色的棋子，额头已经出了细细密密的汗，指尖也沾染了湿意。

"阿珍，你倒是沉得住气，难得啊。"祖父也不催，捻着胡须，慈爱地看着她。

她将棋子落于精心思量的最佳位置，抬头道："同祖父下棋，稍个不留神就会满盘皆输。"况且，竹林间的风动蝉鸣与她何干。

"阿珍心无外物，棋艺也渐长，不日祖父都要心服口服认输啊。"祖父瞧着落子处，满意地点点头。

管家忽而上前禀告："老爷，王守仁求见。"

一盘棋，还未分胜负就已经提前结束。

烈日炎炎，她身上的衣裳有些不透风，母亲说带她去做几身薄衫，听说那富贵人家的小姐都在那流行商铺做衣裳，材质花色都是时兴的款式，大受闺阁小姐们热捧。

她乘着轿辇，眯着眼小憩了片刻。到了商铺门口，丫鬟喊了她好几声，她才微微醒过来，下轿时脚步有些不稳，眼前一黑，险些摔倒，幸好一个锦袍男子扶住了她。男子温厚的手掌扶着她不堪一握的细腰，她当即就红了脸，耳根子都发涨。

母亲行了个礼："多谢宁王殿下。"

宁王殿下。她站直身子，听着母亲温和的声音一时间更晕了。

"举手之劳。"低沉温润的声音自右侧传来，她微微一瞥见到了那男子的真容，玉树临风、眉目疏朗，这便是年纪轻轻就承袭王位的宁王殿下。

"敢问府上是？"离去前，他似是随意一问。

"娄家。"

桃粉色的薄衫如桃花灼灼，青绿色的半臂似青山隐隐，嫩黄色的袄裙如嫩芽娇俏，她一时间竟挑花了眼。

她喊了声母亲，想要她来拿主意，喊了好几声，母亲却恍若未闻。

"娘，你在想什么呢。"她凑到母亲耳边询问。

被她吓住的娄夫人拿着手帕拍了拍胸脯："宁王殿下倒是……"母亲从头到脚打量着她，"和你很相配。"

一个是久负盛名的名儒之后，一个是贵不可言的新晋王爷，郎才女貌，门当户对。

她抿了抿嘴，望着大街上车如流水马如龙，心下一喜。芝兰玉树的王爷，她瞧着很喜欢。

三日后，宁王殿下差了媒人上门提亲，仆人抬了好几箱物品，母亲数着那箱子，满意地同父亲说："宁王殿下如此看重阿珍，才上门提亲就这阵仗，日后娶亲那还了得。"

媒人口若悬河，将溢美之词都往宁王殿下身上堆，再加上宁王府里并无刁钻蛮横之流，老王妃、老王爷都是好相与的性子，娄父、娄母一番了解后便点头应下，双方交换了生辰八字。

她听着前去听墙角的丫鬟前来禀告，抹着胭脂的手一顿，在脸颊上留下了深深的红印。

玲珑簪子，翡翠珠串，大红嫁衣上用金线细细密密绣着海棠花，她被丫鬟领着坐上了花轿。

十里红妆，迎亲的队伍老长老长，迎亲汉子挑着重重的嫁妆，穿过繁华阜盛的街道，百姓都站在街道两边踮起脚看王爷娶亲，热闹非凡。

吹奏乐曲的伶人，喜上眉梢的喜娘，在轿子里攥紧帕子的她和身着红衫躬身拉开帘子挽起她的手的宁王殿下，他们二人成婚的场景是待字闺中女子顶级的向往。

婚后二人举案齐眉、羡煞旁人，宁王府的侍妾形同虚设，他处理完公事就来她房中，若是她闲来无事，他就同她切磋诗书，二人你一言我一语，卿卿我我，一点都不腻。

若是她正在冥思苦想或者绣花煮茶，他便安安静静坐在一旁，认认真真注视着她的一举一动。

"王爷，你这样看着我，我很不自在。"她嘟着小嘴，停下手中的笔，宣纸上只有两行诗。

他手托着腮，挑了挑眉，状似恼怒："本王素闻娄大小姐心无外物，做事最是专心致志，这原来都是谣言啊。"

"是祖父说的，你要发落了他吗？"她仰起下巴，如实相告。

"不敢。"

老王爷见他二人感情深厚也是十分满意，家宴上好几次夸赞："宸濠娶了王妃后越发稳重，颇有我当年的风范。"他和她相视而笑，不言不语，却好比说了甜言蜜语。

他每每得空便带她出门，每次掌柜一瞧见他就两眼发光："宁王殿下光临，小店蓬荜生辉啊，这次新来了些款式不知王妃可喜欢？"

铺子里绫罗绸缎满布，不过片刻她已经眼花缭乱，不知选哪个。

宁王殿下却长袖一挥："全部送到宁王府。"

胭脂水粉、红豆簪子，他一窍不通，硬拉着她试了好些款式，一点也不怕浪费时间，两人常常一逛就是一整天。

夜里他会在八宝楼招呼小二来两碗他从小吃到大的馄饨，醇厚浓郁的肉汤，鲜嫩可口的馄饨，每一口她都吃得心满意足。

他用帕子擦去她嘴边的汤汁，指腹抚过她的唇瓣："阿珍，有了你本王别无所求。"

他日益膨胀的野心、渴望执掌天下的雄心，终究打败了那句别无所求。

说不清从何时开始，他就像变了一个人似的，招兵买马，暗暗筹划，贿赂谄媚。他进献了几百个花灯给当今圣上，得到皇帝的夸奖信任，还暗中买通贪官污吏打探消息，私底下甚至恢复已经被裁掉的护卫。

她难以置信地问他："你究竟想干什么？"

他扳着她的肩膀，耐心地解释："皇帝荒淫无道，我想挽救大明江山。"

荒谬，这简直是造反，是诛九族的大罪，他定然会死无葬身之地。

她一遍又一遍地劝阻他，希望能够用柔情唤醒他的本心，使他不要被权势利益迷了双眼，昏了头，最后弄得个凄惨下场。

她甚至写了首诗交与他："妇语夫兮夫转听，采樵须知担头轻。昨宵雨过苍苔滑，莫向苍苔险处行！"

他还是无动于衷，甚至开始欺压百姓，搜刮民脂用来壮大军队，同早先树立的贤王形象大相径庭。

"等我当了皇帝，你就是母仪天下的皇后，我会给你天底下最好的一切！"他得意地向她许诺。

她不要后位，不要母仪天下，不想住富丽堂皇的宫殿，只想守着儿子同他像以前一样快快乐乐地过到老。

他将长子送进宫，企图让长子在太庙举行的皇家仪式中担任太子之职，甚至明目张胆地称自己的侍卫为皇帝侍从。

他早已在权势中昏了头，劝不了，劝不到，她唯有日日念佛祈求佛祖能够庇佑他平安。

他集结十万大军造反，骑着马穿着盔甲杀红了眼。战场上血流成河、尸横遍野，到处弥漫着血腥味，短短四十三天，他被王守仁生擒，一场造反以失败告终。他被投入大牢，口中念着："昔日纣王因为听信妇人言亡国，如今我因为未听发妻言落得如此下场啊！"

王府外有人敲着锣鼓大喊："宁王被抓了，宁王终于要亡了。"

佛珠断了，她梳妆打扮，用了他亲自挑的胭脂水粉涂抹如雪如玉的面颊，插上了他精挑细选的红豆簪子，拿着那道没有加盖玉玺的写着"娄氏知书识礼、聪慧敏捷，静容婉柔，贵而知俭，端庄秀丽，甚得朕心，着此册封为后"的圣旨，投河自尽。

海棠依旧人已去，还记当年嫁娶时。

明孝宗张皇后，即孝康敬皇后。明孝宗终其一生六宫无妃，只宠张皇后一人。张皇后生子朱厚照，无奈丈夫、儿子去世得早，落得个晚景凄凉的境地。

◆ ◆ ◆

"你日后定然会名垂青史，百世流芳！"她手肘撑着下巴，注视着旁边穿着深衣批阅奏章的男子。

他温润地笑了笑，停下笔道："因为六宫形同虚设，只有皇后一人吗？"

"因为你严于律己，宽以待人，朝廷上下无人不称颂，并将先皇留下的重重毒瘤除去，勤政爱民、励精图治、崇尚节俭、轻徭役薄赋税……"她不喘一口气，呼啦啦将他的优点罗列出来，越说越精神，眉飞色舞。

"先喝口水，别急着说，慢慢来。"他倒了杯茶，先微微吹了口气，再抿嘴尝了口，温度刚刚好，这才递给她。

帷帐轻拂，暗光流动，偌大的宫殿平静又安详，他们再也不必忧心忡忡、心惊胆战，如今只剩下美满祥和，同他治理下的江山一样。

那些伤痕、抱怨像是很久之前的事，如果不是那些逝去的人每年的忌日，一切伤害就像从未有过。

她的父亲是国子监生张峦，满腹经纶，她自小在父母的养育下饱读诗书，通晓古今，读过书后爱蹦蹦跳跳到处玩耍。

她是父母的掌中宝，童年过得没有丝毫烦恼。

在刚刚知道男女授受不亲的年纪里，她心中就隐隐有了对未来夫君的期盼。未来的夫君一定要像父亲那样满腹才华，二人最好同吃同住，夜里相拥而眠，晨时相约用膳，几十年如一日。

父亲告诉她要选太子妃这个消息时，她惊讶得合不拢嘴。她还从未想过入宫嫁给皇室中人呢，更何况是未来的天子！不过皇命不可违，她只能收拾包袱进宫。

她进宫前一夜，父亲千叮万嘱。她明白这太子妃之位看似风光无限，实则暗潮汹涌，危机四伏。

她点点头，悉心听着父母的叮咛。虽然这些道理她都懂，但这可能是最后一回听双亲语重心长地同她说话了，日后相见兴许就是一个叩首，一个喊"不必多礼"了。她忍住眼眶里的泪水，低低地说了一次又一次"女儿知道了"。

那深深宫门里，有个心狠手辣的万贵妃。听说当今圣上最宠万贵妃，对她言听计从。万贵妃恃宠而骄，杀害了许多皇子，据说还弄出过一尸两命的事。

太子朱佑樘是皇帝的第三子，看守库房的宫女所生。他幼年时为了躲避万贵妃的暗杀，藏在完全不见天日的屋里，尊贵的皇子却过着有上顿没下顿的日子，幸好吴废后暗中相助，时常送他一些瓜果、炭火，他这才勉勉强强地长大。

他侥幸被皇帝册封为太子后，生母和素来疼爱他的张太监无故暴毙，周太后为了防止唯一的孙子被万贵妃毒害，亲自将他接到万寿宫抚养。见到面黄肌瘦、长发枯黄及地的他，周太后当即痛哭不已，直呼："万贵妃这个毒妇迟早遭报应，戕害无数妃嫔幼子，势必下十八层地狱。"

即便是这样，他的太子之位仍然坐得不稳，因万贵妃的枕边风及其家人的上疏，皇帝三番五次想废了他，幸好周太后及文武百官阻止才保住了他的太子之位。

她是养在深闺的娇娇女，一切自有父母打点；他却战战兢兢、如履薄冰，小小年纪挨饿受冻，堂堂皇子过得连蝼蚁都不如。

"唉，倒真是个可怜之人。"她躺在舒软的床上，云锦织的被子熏着百合香，想起他，她的心有些疼，叹息他的命途多舛，又佩服他的坚韧隐忍。

还未曾相见，她就已经生出心疼的心思，那时候她完全没料到不久之后会爱他如命。

她被一辆马车、两个嬷嬷接进了宫。宫中百花盛开，鸟语花香，那枝头的桃花因为精心呵护，比外头的娇柔不少。她左右打量，带着些初入宫廷的新奇和惴惴不安。

琴棋书画、言行举止，都是考察的项目，层层筛选，每一个环节都近乎苛刻，秀女人数越来越少，她能说上话的没几个。

"太子殿下到。"太监尖细的声音让正在发呆的她急急下跪行礼，许是跪得太过用力，不禁惊呼一声，掌事嬷嬷狠狠地瞪了她一眼。

她低下头，不敢说话。膝下似是有个尖锐的石头，她隐隐感觉有血不断流出，眼眶蓄满了泪，险些忍不住。

"姑娘可是伤着膝盖了？"温厚的声音自她头顶传来，黑色的长靴在衣衫下若隐若现。

太子亲自问候，她咬了咬牙："回太子殿下，我，奴婢不碍事的。"声音清清浅浅，有些颤抖。

那双黑靴并未离开半步，低沉的声音命令道："如子，去太医院请周太医来为这位姑娘看看。"

恍惚间，宫中的昙花开了，她听见自己心动了。

"太子殿下宅心仁厚，你今日就不用去练琴了，好生歇着。"因为太子的特别关照，向来严厉的掌事姑姑也对她和颜悦色起来，特地给她个恩惠。

这场选妃，她定要好好争取，勤勉努力！若成，她将来就能光明正大地站在他身边，同他一起经历风风雨雨；若败，她也能问心无愧，至少她拼尽全力争取过。

比起他在暗无天日的地窖里经历的那些苦，这些苛刻的规矩、难记的宫规又算得了什么，不过是小巫见大巫而已。

她早先偷懒，如今可就不一样了，认认真真地听姑姑教诲，努力将那些大道理、小细节铭记在心，连素来挑剔的姑姑都毫不吝啬地夸奖她："近来进步很大。"

许是菩萨听到了她虔诚的心愿，竟真的让她求仁得仁了，皇帝下诏，册封她为太子妃，不日与太子完婚。

这只刚刚开始，她知道日子还很长。

红烛灼灼，轻纱漫漫，到处是喜庆的红。

她饿了一天肚子，听了一天恭贺的话，终于等来了他，他穿着正红色的长靴，一步步向她走近。

盖头下，她的心怦怦乱跳。盖头被挑起，她见到了期待已久的他，他清俊如玉，俊朗如树，令她耳根泛了红。

待喜娘退去，他握着她的手，轻柔地问了声："怕吗？"

她思虑片刻道："怕，危险太多；不怕，因为你会保护我。"从她决定积极学习那一日起，早将最坏的结果考虑清楚，如今只要能在他身边，她便什么都不害怕。

"嗯，我会保护你。"他拥着她，笑得很温柔。

那夜他们促膝长谈，只因她一句："殿下你能把那些事情都告诉我吗，我很想听。"

为人妻，她想知道他的点点滴滴，想知道在那些暗无天日的日子里他是如何坚强应对，又是如何保全自己的。

他一一相告，毫无保留。虽是新婚之夜，他却不忌惮她是细作、墙头草，只因为他相信她，她是他的结发妻，他打定主意，日后便是登基为皇，也只要她一人。

穿越礁石暗沙，躲过刺杀陷害，他还是心怀仁爱，她心疼得不得了。她情愿他怨、情愿他恨，都好过一场慈悲，那慈悲底下隐藏着多少独自忍耐的伤痛？

"我会好好保护自己，绝不拖你后腿！"

她的一颦一笑都如同灵丹妙药，填平了他心中的一道道沟壑，那些曾经痛不欲生的伤痕都被她一一抚平，他的笑容多了起来，人也渐渐舒朗。

"你可以叫我佑樘，太子这个称呼太过生疏。"

"佑樘，佑樘，佑樘……"她一声声喊得没完没了，眉毛弯弯，似那月亮。

一声两声三四声，五声六声七八声，声声悦耳。

"嗯，嗯，嗯。"他一句句答，就像当年在地窖里纪妃害怕他熬不过去一样，那时母亲也一声声喊，他便微弱地回应。

女子的笑声爽朗轻快，他看着她活泼明媚的样子心头更加柔软。

万贵妃病逝，皇帝郁郁寡欢，没多久便去了。他穿着冠冕服登上了皇位，当即封她为后。

"佑樘，若以后你有了很多很多妃子，不许把你幼年之事告诉别人。"她霸道地嘟着嘴。

他微微一笑："六宫只有你一人可好？"这是深思熟虑，也是率性而为。

嘟着嘴的女子愣了愣，嘟囔道："那当然好啊，可是文武百官能同意吗？"素来帝王身旁都免不了一堆权臣之女，还美其名曰是制衡之道。

"谋事在人。"他郑重地给她承诺。

后来她听丫鬟汇报，有官员向他上疏，建议他充实后宫、广纳嫔

246

妃，翰林院侍读谢迁却反驳，说三年孝期未过，实在不妥。

她听罢忍不住笑了出来："哈哈哈哈哈哈……"

晌午，她看着刚刚下朝进来的他，毫不留情地戳穿："皇上，你前些日子才私下召见了谢迁呢！"

他真的为了她六宫无妃，独宠一人，这简直是前所未有！周太皇太后为了子嗣着想，曾赏赐过几位美人给他，他未瞧一眼便拒绝了，说："祖母，当年万贵妃之事难道还不够吗？宫中女子过多并非好事，孙儿只愿要一人。"

在宫里她过得格外舒心，母亲有时会进宫来看她。某日，她留了母亲用膳，而他恰好下朝，见那宫女用银器为她母亲盛饭，诧异问道："为何用银器？"

宫女弱弱地回答："这是祖制。"

他挥了挥袖，吩咐宫女用金器盛汤，母亲受宠若惊地谢过他，他拥着她，笑得和煦。饭后，她有心刁难他："母亲用了金器，父亲还没用呢，这可怎么办？"

"赏。"他毫不犹豫，宠她宠得丝毫不讲道理，惯得她性子越发骄纵。

于国事上他一丝不苟，重开午朝，日日批阅奏折至深夜，将先皇留下的毒瘤一一剔除；亲贤臣，远小人，收拾了大批贪官污吏。他爱民如子，是个挑不出一丝错处的好皇帝。

但于她，他步步退让，生怕她不喜，又惧她不乐。她的弟弟仗着她身为皇后无恶不作，好些官员上疏要求惩治皇后亲属，他却怕她忧虑，瞒着她私下狠狠骂了她的弟弟一顿，再赏赐了上疏的官员。

因为太过爱重，他生怕她有一点不如意，哪怕是拂她面子也不行。

　　他只想守住她的一颦一笑，让她无忧无虑地从生到老，他说过他会一直站在她身边保护她，不让她受一丝伤害。

　　君子一诺千金，他不纳妃、不多看别的女子一眼，眼角眉梢都是她，纸上心上唯有她。

　　一生一世一双人，他不负天下不负她。

佟妃：滴不尽相思血泪抛红豆

佟妃，即佟佳氏，顺治帝妃子，顺治十年入宫，二十四岁香消玉殒。生子玄烨，后其子登基为皇，年号康熙。

◆ ◆ ◆

"此乃朕第一子也。"他抱着那眼睛都还没睁开的婴儿，高兴得像刚刚做了父亲的寻常男子。

他笑得真心实意，毫不掩饰，都说帝王要喜怒不形于色，他的快乐却上下皆知。

这不是他的第一个孩子，实际上是他的第四子，但他格外看重，不惜颁布诏书，大赦天下。

她记得她生产时，他只是抱着用锦袍包裹的小阿哥说了句："佟佳氏，赏。"

人说年岁渐长会越发克制沉稳，他却因这第四子的出生高兴得忘乎所以。

他小心翼翼地抱着那个孩子，姿势还不太端正，眉眼却慈爱温和。

进宫前额娘同她说，帝王素来薄情，切莫太贪心，要恪守规矩，贤良淑德。

她不求大富大贵，也不敢奢望有一日权势滔天，只期望在这宫中能平平安安、顺顺遂遂。

生下玄烨后，交好的嫔妃来她这儿贺喜，说玄烨眉目清秀，将来定是人中龙凤。她淡淡地笑了笑，她素来不敢奢望什么人中龙凤，只盼着这孩子勤学好问，将来做一个安守本分的亲王。

她只是一个庶妃，那些飘在云端的东西，想多了无非自寻烦恼，倒不如想想那些触手可及的事。

"姐姐此言差矣，当年皇太后也并非嫡福晋，先皇独宠宸妃海兰珠，皇太后最后不还是母凭子贵，成了这后宫第一人啊！"

皇太后端庄贤德、睿智聪慧，哪里是她赶得上的。她望着手上睡得正熟的孩子，招来乳母，将玄烨抱去房中好好休息。

白驹过隙，岁月漫长，她安安静静地过着自己的小日子。

她去看望皇贵妃时，皇贵妃正斜躺在床榻上，瞧见她来了，和气地免去了她的礼，那个温婉的女子握着她的手说："姐姐将三阿哥养得很好，妹妹日后还要向姐姐讨教那育儿经，望姐姐莫嫌我烦。"

她低着头："不敢，妹妹刚刚生完小皇子当好好歇息才是。"

他随意瞥了她一眼，便将小皇子抱给皇贵妃看，弓着身子低声轻喃，笑容可掬，一室的温暖晃花了她的眼。

都说帝王多情也无情，他却专情又深情，与先皇如出一辙。北辰星所指为帝王，先皇便册封心爱之人为宸妃；而他册封董鄂氏为皇贵妃，协理六宫事宜，为他心爱的女子生的孩子大赦天下。

莫说帝王薄情寡义，他们一遇上心爱的女子天上的星星月亮都愿意摘下来，烽火戏诸侯的周幽王、故剑情深的汉宣帝、六宫无妃的明孝宗、独宠宸妃的先皇，都情深如斯。

朝堂大臣最是见不得这样的场面。皇帝专情，于子嗣无益，况且那些大臣在宫中为嫔为妃的女儿自然日子不好过，广施恩泽、雨露均沾方是君王所为。

美女如云的后宫，没有一人是不羡慕皇贵妃的。他为了心爱的女子在百花盛开的御花园扑蝶，样子滑稽可笑，被那灵活调皮的蝴蝶耍得团团乱转，温婉的董鄂氏笑吟吟地用帕子捂住嘴笑弯了腰。

九五之尊的帝王，为了心中佳人，如同寻常人家的男子一般纡尊降贵地扑蝶，不过想博佳人一笑。

她远远地站在阁楼上看着这一幕泪如雨下。

宫中女子最忌讳的一点便是善妒，妒忌会让人心生恶念，害人害己。她不嫉妒皇贵妃，却羡慕到了骨子里，倾城佳人独得帝王青睐，任谁都会羡慕不已。

人人都想做帝王宠妃，三千佳丽使尽浑身解数求他宠幸，却都不及皇贵妃一句："皇上要雨露均沾才是，否则臣妾便是那妖妃，皇上定不愿见我被那文武百官参上一本。"

皇贵妃年纪轻轻，没有因为帝王恩宠便恃宠而骄，反而劝诫帝王万万不可忘了宫中其他妃嫔。

皇贵妃宽厚待人，将宫中庶务打理得井井有条，侍奉皇后亲力亲为，待她们这些妃嫔如亲姐妹，这样一个贤良淑德的女子谁会不喜欢得紧。

心有不甘的妃嫔因为皇贵妃的宽厚惭愧不已，从最初的"也不知那董鄂氏是什么狐媚，将皇上迷得晕头转向"，到后来的"臣妾唯皇后娘娘与皇贵妃马首是瞻"。

比起那母仪天下的皇后，皇贵妃更得人心。

董鄂氏进宫前，他一心扑在朝政上，她也只是偶被他翻得牌子。她自小养在深闺中，学的是《女训》《女诫》这些道理，他赞赏她莲花画得不错，说是日后她做衣裳可以将自己绘制的图送去内务府。

她安静温婉，伺候他穿衣漱口时，往往静默无语，他凝视着她说了句："你性子太过安静，倒是少了些这个年纪的女子该有的活泼。"

待他离开她的宫殿后，她瞧着窗外闲来无事正在踢毽子的宫女，问了跟在她身边多年的丫鬟一句："我是不是太过无趣了？"

不会逗得他开怀大笑，也不晓得讨他欢心。她总觉得他劳累一天后身子乏得很，她只需善解人意地在一旁等候他吩咐便好，从未想过这样闷闷的性子是不讨喜的。

丫鬟安慰道："皇上只是随口一说，娘娘切莫伤怀。"

是啊，于他而言不过是随口一言，她却自怨自艾，黯然神伤。

宫中女子数以万计，性子各异，明媚活泼、娇憨可人、娴静温婉者比比皆是，她不过是毫不起眼的那一个。

她被太医诊出喜脉时，高兴了好几天，两位太后娘娘都赏赐了好些燕窝补品，还拨了两个有经验的宫人特地来伺候她，就连他也来探望了她，还嘱咐她要好好养身子。

彼时她不晓得腹中是小阿哥还是小格格。小格格是金枝玉叶，终将嫁作他人妇，未免惆怅；小阿哥能让她有所依靠，却也让人担忧，身为皇子，免不了皇位之争，就算避嫌不参与那些争斗，终究是皇家人，兄弟之间能否相容不得而知。

她的心愿很小，一愿腹中胎儿平平安安，二愿腹中胎儿将来有一个无忧无虑的童年。

生产后，他亲自为他们的孩子起了一个名字——玄烨。烨者，光辉灿烂。她摸了摸小阿哥白白嫩嫩的脸蛋，轻声细语喊了一声又一声"玄烨"，初为人母的她，怎么都喊不够。

董鄂氏初进皇宫时，她便觉得那姑娘气若幽兰，有一股沉稳端庄的气质，就是安静了些，不知皇上是否会喜欢。

从贤妃到皇贵妃，董鄂氏晋升极快，旁的女子纵然出自高门大户也要熬个数年，通常生了小阿哥、小格格后才能晋封妃位，而董鄂氏不过短短数月，就凭借他的盛宠一跃成为皇贵妃，钦赐诏书大赦天下，比起那海兰珠过犹不及。

她正哼着歌哄玄烨睡觉，宫人来报说皇贵妃来了，她急急理了理衣裳，出门迎见。皇贵妃性子温和地同她说："姐姐入宫时间长，又养育了小阿哥，妹妹若有不周到之处，还望姐姐见谅。"

明明高她一等的皇贵妃却如此谦逊大方，董鄂氏还带了家中做的梅花糕给她尝。

同样温婉安静，她却比董鄂氏少了一颗七窍玲珑心，一个安静无趣，一个温婉体恤，怪不得他这样宠爱董鄂氏，丝毫不避讳旁人的眼光。

御花园池塘的菡萏开得正好，妖媚清姿，一阵阵风吹过，轻轻摇曳。去年开了一百三十八朵，今年开得少些，只有一百朵，不及前人描述的"接天莲叶无穷碧，映日荷花别样红"的盛况。

皇四子夭折，董鄂妃病逝，一桩桩事来得那样措手不及，几近逼疯他。妃嫔哭得不能自已，他更是伤心至极，用蓝笔批阅奏折长达四个月，甚至想要遁入空门，与青灯木鱼相伴度此余生。

情之殇，灭人于无形，那个说她不够活泼的帝王如今嘴唇泛白地躺在床榻上，太医个个束手无策，太后娘娘急得晕厥过去。一碗碗汤药还是救不活他的命，他的心兴许早就随着董鄂氏的死去而枯寂。

一纸传位诏书，她母凭子贵。玄烨登基为帝，她被尊为圣母皇太后。

御花园的莲花开了一百零八朵，倒是个吉利的数字。喜好诗书的玄烨常常废寝忘食，这条任重而道远的帝王路，她不知道能陪儿子走多久，当日期许平安顺遂、无忧无虑，如今玄烨登上皇位却是操不完的心、忙不完的国事。

宫中教习音律的姑姑教着曲子，大热天的御膳房做了几碗酸梅汤解渴消暑。

她蓦然想起那年她初封妃子时，日日备了红豆薏仁粥等他来，他有时来她的宫里，有时去别处。

贴身丫鬟总劝她："娘娘，早些歇着。"

她一口一口吃着那凉透的粥，念叨了句："玲珑骰子安红豆，入骨相思知不知。"

珍妃：
相思一夜梅花发

珍妃，清光绪帝宠妃，聪慧过人、不喜拘束，初得慈禧太后喜欢，后因弄权卖官、不守规矩为太后厌恶。死后被追封为皇贵妃，但死因成谜，说法不一。

◆ ◆ ◆

墙角的梅花开了，一朵朵挂在枝头，清透顽强，在这百花凋零的时节却同那松柏一样，亭亭生长，虽不如松柏高大伟岸，却不畏严寒，在这四季的末尾开放，不同百花争奇斗艳，独独赢得文人墨客赞赏。

一个身着宫装的女子拿着相机矫正着姿势，拍下那梅花悄然开放的模样。她身披嫩绿色的莲蓬衣，里头浅粉色的一身旗装团云紧簇，身边穿着明黄色龙袍的男子噙着笑凝视着她的一举一动。周身的宫人低着头不说话，生怕叨扰了主子的兴致。

"珍小主虽是后宫妃嫔却同那些文人墨客一般爱梅啊。"他打趣着她。

她拍了好些照片，才心满意足地招了宫女将那照相机搬回去："梅花在百花盛开后独独开放，不畏刺骨寒风，不惧风吹雨打，王安石说得好'墙角数枝梅，凌寒独自开'，写出了梅花的冰肌玉骨。"

她瞅了瞅周围，凑到他耳边压低了声音："皇上现在恰如那梅花，威风凛凛但要养精蓄锐，待到冬日让人刮目相看。"她的声音软软糯糯，敲打在他心上。

她是他最为宠爱的妃子，更是他枕边的红颜知己。皇后瘦削无颜，瑾妃木讷无趣，唯有她机警活泼，性子娇憨明媚，在诗书方面颇有心得，又爱倒腾些新鲜玩意，是他唯一的解语花。

寂寂深宫，他是有名无实的九五之尊，发号施令的从来都是他的母后。

"爱妃才是那梅花，冰肌玉骨，后宫女子皆不可与之媲美。"他将她紧紧搂住。

天寒地冻，二人紧紧相拥，远远地被皇后瞧见，身边的宫女正要开口说话，皇后退回几步，绕开二人，寻了另一条小径去太后宫中。

初入宫闱时，她姣好的容颜引起了所有人的注意，就连姐姐也在她的衬托下黯然无光。

她聪慧伶俐，琴棋书画样样精通，他第一眼就对她上了心，只是这样玲珑的女子入了宫也不知是福是祸。

他清秀俊逸，偏偏喜怒无常，素来敏感孤僻，时不时摔东西。从前她就听闻一入宫门深似海，他在宫中那么多年，想必遭了不少罪，她很是疼惜他。

她幼时在广州长大，那些西洋人的玩意都玩得很上手，她常常把街坊趣事编成段子讲给他听，他听得开怀大笑，连太后娘娘都觉得她活泼聪明。

"你倒是像极了哀家刚入宫时。"太后娘娘看着她那一手端庄秀丽的书法赞赏道，从此宫中上上下下对她极为尊重。

被封为珍嫔那年她十三岁，姐姐十五岁，偌大的皇宫像极了迷宫，宽广得望不到尽头。

她有皇上宠爱、太后喜欢，过得十分舒心，就连跟着她的公公宫女都得到了丰厚的赏赐。

若说这宫中哪里的宫人最得人羡慕，莫过于她这儿了。太后娘娘位高权重，宫人们都得小心翼翼，生怕哪天惹得太后娘娘不快。她性子活泼爽朗，喜形于色，是个好伺候的主子。

"珍小主，皇上差人唤您去养心殿。"太监尖细的声音一点也不难听。

"哦？今日又宣我。"她高高兴兴地跑回房中，换上男子的衣裳，唤了丫鬟梳上整整齐齐的辫子，戴上了帽子，望着铜镜中的自己，欢欢喜喜地去了养心殿。

她坐在他身边研墨、奉茶，有时妙语连珠，有时安安静静地听他说话。他不是无用之人，也想要掌权造福天下，妇人干政毕竟于祖制不合，况且他才是天子，应当说一不二，可如今完全有名无实。

江河日下，他想要拯救江山，任人唯用，改革创新，还大清一片繁荣昌盛，而不是苟且偷生。

她懂他的胸有大志："皇上贵为一国之君，定有大权在握的那

257

一天。"

活泼好动的她，将那照相机带进了宫，得了空闲便四处拍拍。

枝繁叶茂当用照片记录下来，牡丹国色天香不拍太过可惜，流水潺潺鱼儿悠悠荡荡煞是好看，她一张张拍着，不知疲倦，景景物物都在她的照相机里留下了印记。

他在她的指导下也学会了拍照，她时着粉色旗装打扮得俏丽明艳，时而绑起辫子扮作男儿，相机里的她千姿百态各不相同。

"皇上你看，这张照片我的肩膀歪向左侧了，一点都不好看。"

她生气地撒娇，却毫无恼怒之意。他为博美人一笑，乐此不疲地为她拍下一张又一张照片。

太后知晓她常常身着男装，斥责她太无规矩，宫中礼教森严，不得如此自由散漫。太后说，她是后宫妃嫔，万不得恃宠而骄，妃嫔应当有一个妃嫔的样子，否则传到外面徒然令人生笑，那丢的可不仅仅是他他拉氏的脸面，更是丢了皇家的脸面。

雪花纷飞，她行至宫墙角的梅花林，见着一朵朵白的、红的梅花跃然枝头。

梅花多好啊，不必谄媚讨好，无须争夺算计，更无须争奇斗艳，一身傲骨，为历代文人称颂，映着雪花，香远益清，恍如仙境。

太后寿辰，举国同庆，宫中张灯结彩，礼乐不断，太后笑得合不拢嘴，她们姐妹二人也沾了光，她被封为珍妃，姐姐被封为瑾妃，先皇的几个妃子也得了晋封。

人逢喜事精神爽，偏偏月例银子那样少，根本不够她畅快快活。她素来锦衣玉食，对待下人赏赐大方，现下手头正紧，也就偷偷摸摸做起了卖官鬻爵的事。她小心谨慎，处处打点，以为做得天衣无缝，却还是被太后发现了。

他在太后宫中下跪求情，请太后高抬贵手饶她这一回。太后不予理睬，将她同姐姐贬为贵人，还剥去衣裳，行刑的太监用粗长的棍子打在她身上，一下又一下，她只能硬生生忍着，嘴唇都被咬破了。

褫衣廷杖，这素来是惩戒朝中大臣的刑法，她是天子宠妃，这等侮辱，于身于心都是怎么也抹不去的一道伤疤。

他不是手握重权的君王，只能眼睁睁看着心爱的女子受罚，不能从那棍下救下她，只能陪着她养病养伤以及发愤图强。

她相信终有一日，她的男人会君临天下，成为说一不二的皇帝，不用再小心翼翼地向谁下跪求情，更不用痛恨自己无能为力。

养伤的日子很漫长，他时不时来瞧瞧她，将那些学到的西方文化一一告诉她，还同她探讨起来。

锦被盖在身上，玉枕垫在背上，她听着他说那些新鲜事物，鼓舞着他的鸿鹄大志，受过刑法的她依然活泼明媚、好动机灵。

她的宫殿离他的养心殿一点也不近，可他从未说过一句累。

后来他废除八股制度，开办学堂，改革政治制度，任用维新人才，可是一系列举措遭到了太后以及朝中顽固大臣的强烈反对。他们咄咄逼人，用强硬的手段结束了他轰轰烈烈的百日维新举措，败下阵来的他被太后囚禁在瀛台，而她被打入冷宫。

冷冷清清的冷宫光线昏暗，见不到阳光，满是霉气的房间破败不堪。她听训诫、受惩罚，在冷宫里过得凄凄惨惨，没有太后的懿旨谁也不能来见她。

残羹冷炙，冷言冷语，她硬生生地熬了一日又一日。

他的鸿鹄之志终究成了一场空，同揭竿而起的陈胜、吴广一样，失败失意，下场惨淡。

她听说八国联军要打进紫禁城了，太后说要逃到西安去避避风头，皇上、皇后、瑾妃随行，独独没有她。

战火连天，她一个女子孤零零地被落下。井口那样深、那样窄，她仿佛听到了枪炮的轰鸣声。

她长发散乱、面黄肌瘦，永远停留在了二十四岁那年的盛夏。

冬天还没来，她还没见到那梅花朵朵开，没来得及为他生儿育女，就这样离开了人世。

得知她的死讯时，他哭得天昏地暗，他什么都没有了，壮志雄心被打压得一点不剩，心爱的女人同他阴阳相隔，再也见不着了。

那个喜欢拍照的女子，还没拍尽宫中美景就这样含着遗憾怨恨，静悄悄地离开了。

他再次回到宫中已是几年后，那日他乘着轿辇从太后宫中出来，从前讨厌拍照的太后如今也喜欢上了照相，喜滋滋地摆好姿势让那照相的师傅拍照。他又想起了她，当年她总是喜欢摆着各种姿势等他慢吞吞地拍下一张又一张照片。

墙角数枝梅，凌寒独自开。